CONTINENTAL PAPER

THE NEW YORKER STORIES

《纽约客》故事集 III

洛杉矶最后的古怪一日

[美国] 安·比蒂 — 著　周玮 — 译

译林出版社

图书在版编目(CIP)数据

《纽约客》故事集. 3, 洛杉矶最后的古怪一日 / (美) 比蒂(Beattie, A.) 著; 周玮译. —南京: 译林出版社, 2014. 9 (2015.1 重印)
(安·比蒂作品; 3)
书名原文: The last odd day in L.A., the New Yorker stories
ISBN 978-7-5447-4521-5

Ⅰ. ①纽… Ⅱ. ①比… ②周… Ⅲ. ①短篇小说-小说集-美国-现代 Ⅳ. ①I712.45

中国版本图书馆CIP数据核字 (2013) 第242829号

书　　名	**《纽约客》故事集Ⅲ: 洛杉矶最后的古怪一日**
作　　者	[美国] 安·比蒂
译　　者	周　玮
责任编辑	王　珏
封面水彩作品	迈克尔·格罗
原文出版	Scribner, 2010
出版发行	凤凰出版传媒股份有限公司 译林出版社
出版社地址	南京市湖南路1号A楼, 邮编: 210009
电子邮箱	yilin@yilin.com
出版社网址	http://www.yilin.com
经　　销	凤凰出版传媒股份有限公司
印　　刷	南京爱德印刷有限公司
开　　本	880毫米×1230毫米 1/32
印　　张	9.25
字　　数	137千
版　　次	2014年9月第1版 2015年1月第2次印刷
书　　号	ISBN 978-7-5447-4521-5
定　　价	35.00元

译林版图书若有印装错误可向出版社调换
(电话: 025-83658316)

目 录

玛丽的家

我的妻子，玛丽，打算办一个晚会——一个有人承办饭菜的晚会，她要邀请新老朋友和左手边的邻居们——我们跟他们有来往。承办人快到的时候，莫莉·范德格里夫特打来电话，说她女儿烧到华氏一百零二度，她和她丈夫来不了了。我看得出来我妻子安慰莫莉的时候有些失望。然后，电话打完没几秒，莫莉丈夫的汽车就开出了车道。每次听到车子疾速开出，我的第一个念头总是有人离家出走。我妻子的猜测要实际些：他是去买药。

我妻子自己就在我们和好后这三年中出走了两次。第一次，她盛怒之下一走了之；第二次，她去怀俄明看朋友，把一周的访期延长到了六周，尽管她没有真的说不回来，可我就是没法说服她订机票，也没法让她说她想我，更不用说爱我了。我是做过一些错事。我给自己买昂贵的新车，把旧车淘汰给了她；我赌博输过钱；我有一百次回家太晚，误了吃饭。但我从来没有离开过我妻子。是她在我们打算离婚的时候搬出去的。我们和好以后，又是她飞车离去，以此结束我们的争吵。

这些事在人心中载沉载浮，一点小节就会让我想起她每一次出走，或是威胁出走的情形，或是她想要一件我们买不起的东西时，会用一双我形容为“震惊的兔子”式的眼睛瞪着我。不过大多数时候，我们还是努力振作。她一直在找工作，而我下班直接回家，我们一起解决电视遥控器的矛盾：我让她用一小时，她让我用一小时。我们一晚上看电视的时间尽量不超过两小时。

今晚不会看电视了，因为有鸡尾酒会。这时候，承办人的车已经并排停在了我们的房前，承办人——一个女人——正把东西搬进屋里，一个十来岁的男孩在给她帮忙，估计是她儿子。她有多愉快，他就有多消沉。我妻子跟她拥抱了一下，两人都笑了。她跑进跑出，把盘子端进来。

我妻子说：“不知道我该不该出去帮忙。”随即自问自答道：“不——她是我雇来做事的。”然后她暗自微笑起来。“很遗憾范德格里夫特一家来不了了，”她说，“我们给他们留点吃的。”

我问要不要用音响放点音乐，可是我妻子说不要，说话声会盖过音乐，要不就得把声音放到很大，会吵到邻居。

我站在外屋，看着承办人和那个男孩。他进门时伸直胳膊拿着一个餐盘，小心翼翼的，像一个孩子手持着让他有点害怕的小烟花。我看着的时候，玫太太，那个我们不来往的邻居（有天晚上我们睡觉以后，忘了关前廊灯，她叫来了警察）和她的两只玩具贵宾犬安娜克莱尔和埃丝特从我们屋前走过。她假装没有注意到一个承办人正把晚会食物端进我们家。她能一眼把你望到底，让你觉得自己像个幽灵，连她的狗也炼就了这种眼神。

我妻子问我最想见到谁。她知道我最喜欢斯蒂夫·纽荷尔，因为他是这么滑稽，不过为了让她大吃一惊，我说："哦——能见到赖安一家挺好，可以听听他们的希腊之旅。"

她对此嗤之以鼻。"等到你开始关心旅行的那天再说吧。"她说。

她和我一样，对争吵同样负有责任。她的话里带着刺。我尽量使用礼貌的语调和措辞，而她却毫不客气，轻蔑地哼哼鼻子，再来几句尖刻的话。这一次，我决定置之不理——就是不理睬她。

起初我不明白为什么我妻子要和那个承办人亲亲抱抱的，但是后来她们聊天的时候我记起了我妻子是几个月前在亚历山德里亚的一个送礼会上遇到她的。她们俩朝一个女人直摇头——我没见过那个女人，所以她一定是我妻子以前工作时交的朋友，她们俩还说从来没听说过哪个医生会让生产持续六十多个小时。当锡纸从魔鬼蛋[1]上揭掉的时候，我听明白了，那个女人现在没事了，她离开手术台前结扎了输卵管。

男孩没说再见就回到了车里。我站在走道上，望着门外。他上了车，用力关上车门。他身后，太阳落山了。又是那种过去曾会让我着迷的橘粉色落日。但我马上从门口走开，因为我知道承办人要出来了。事实上，如果我不必跟她寒暄客套，反而更好。我不大擅长跟不认识的人找话讲。

承办人把头探进我所在的房间。她说："祝晚会愉快。我想你会很喜欢那个火辣辣的豆泥蘸酱。"她微笑着，还出乎我意料地耸耸肩。似乎没有理由耸肩。

我妻子托着一盘肉片从厨房出来。我主动要求帮她拿，她却说自己很挑剔，情愿自己来，这样她就知道她都把东西放哪儿了。我不知道她为什么就不能看看桌子，看自己把东西放哪儿了，但是我不宜在她干活儿的时候提问，她会发脾气，情绪急转直下。所以我出去了，在门廊上看天色渐暗。

1　美式西餐中很常见的一道开胃菜，将煮鸡蛋剥壳后对半切开，蛋黄挖出碾碎，加白醋、盐和黑胡椒调味，再放回蛋白中。

承办人开车离开的时候按了按车喇叭，出于某种原因——也许是因为他坐得笔直——那个男孩让我想起在去华盛顿的高速公路上，有一段路面是为车里至少有三名乘客的车辆保留的，于是附近的人们都去买充气玩偶，给它们戴帽穿衣，放在座位上。

“玛丽·维罗齐和她丈夫试验分居，不过今天的晚会她还是会跟他同来。”我妻子在过道上说。

“你何必跟我说这个？”我说着转过身，背朝夕阳，走回屋里，“这只会让我跟他们在一起的时候感到不自在。”

“哦，你能挺过来的。”她说。她总是用这个词。她递给我一摞纸盘，叫我分成三摞，放在桌子外侧。她叫我把纸巾从厨房柜里拿出来，沿着桌子中央放几叠，放在插雏菊的花瓶之间。

“维罗齐的事情不要让别人知道。”她说着端出一盘蔬菜。蔬菜从碗中央到边缘展开，菜的颜色——橘色、红色和白色——让我想起天空和它几分钟以前的样子。

“还有，”她说，“请你不要一看到奥伦的酒杯空了，就忙着给他添上，他在努力戒酒。”

“那你来好了，”我说，“既然你什么都知道，所有的事都你来。”

“我们每回招待客人你总会紧张。”她说着从我身旁擦了过去。回来的时候她说：“那个承办人活儿干得真漂亮。我要做的只是把大菜盘洗干净放到门廊上，明天她来拿。岂不是很妙？”她吻了我的肩头。“要打扮一下了，”她说，“你准备穿你现在身上的这身儿吗？”

我穿着白色的牛仔裤和蓝色的针织衫。我点头说是的。让我惊讶的是她没有异议。上楼梯的时候，她说：“我无法想象这种天还要开空调，不过你看着办吧。”

我走回门廊，站立片刻。天色更暗了。我能看到一两只萤火虫。邻家的一个小男孩骑着单车经过，满眼闪亮的蓝色，后面有辅助轮，把手上系着飘带。那只杀鸟的猫走过。大家都知道我曾把水枪灌满水，趁没人时对着这只猫射水。我还用水龙带喷过它。它在我们草地的边缘走着。我对它的心思了如指掌。

我进了屋，看了一眼餐桌。楼上，淋浴喷头的水在流。不知道玛丽会不会穿她的吊带裙。她的后背很美，穿那种裙子很好看。虽然她那么说，但我的确是旅行的——而且喜欢旅行。五年前我们去了百慕大，我在那儿给她买了条吊带裙。她的尺码从没变过。

餐桌上，有足够喂饱一支军队的食物。半个掏空的西瓜，里面放着西瓜球和草莓。我吃了一颗草莓。还有看起来像是奶酪球的东西，上面裹着坚果粒；几碗蘸酱，有几碗旁边摆着蔬菜，另外几碗旁边放了一碗饼干。我用牙签戳了一片裹有意大利熏火腿的菠萝。我把牙签丢进口袋，把菠萝片拢得更紧凑些，这样就看不出我吃了一片。承办人还没到的时候，我妻子就把酒拿出来放在宽边窗台上了。还有配火柴的蜡烛，随时可以点亮。她对音乐的想法可能是错的——至少第一批人出现的时候，有点音乐挺好——不过何必争论呢？我同意，既然微风习习，我们就不需要开空调了。

没多久，玛丽从楼上下来了。她没穿吊带裙，而是穿了一条我一直都不喜欢的蓝色亚麻裙，手里提着一个行李箱。她没有笑。她的脸突然显得很憔悴。她的头发是湿的，用卡子别到后面。我眨眨眼，无法相信眼前这一幕。

"根本就没有什么晚会，"她说，"我是想让你看看，准备好了饭菜——即使不是你准备的——然后只能等着，那是什么感觉。等呀，等呀。也许这样你就能明白是怎么回事了。"

几乎是我在想"你在开玩笑"的同时，我也立刻有了答案。她不是在开玩笑，但是婚姻问题咨询师——没有哪个咨询师会认同她现在的所作所为。

"你不会这么幼稚吧。"我说。

但是她出了门，沿着走道向外走。飞蛾飞进了屋里。有一只飞过我的嘴边，触到了我的皮肤。“你打算怎么跟福特医生解释？”我问。

她转过身。“你何不请福特医生过来喝杯鸡尾酒？”她说，“还是你觉得真实生活的场景会让他受不了？”

“你要走吗？”我问。但是我已灰心丧气。我筋疲力尽，几乎喘不过气来。我声音很轻，我不确定她是否听见。“你不理我吗？”我叫道。她不回答，我知道她是。她上了车，发动，扬长而去。

有那么一刻，我震惊至极，跌坐在一把门廊椅上，呆呆地望着。街上安静得不同寻常。知了开始高唱。我坐在那里设法平静下来，骑自行车的男孩慢慢地蹬着车往山上爬。邻居的贵宾犬开始吠叫，我听见她用嘘声要它们安静。后来狗吠声就轻了下来。

玛丽在想什么？我不记得上次晚饭迟归是什么时候了。是很多年前的事了。很多年。

卡特里娜·杜瓦尔经过。“米奇？”她说着抬起手遮在眉毛上方，望着门廊。

“嗯？”我说。

“你这几个星期天拿到报纸了吗？”

“拿到了！”我大声回答。

“我们去海洋城的时候让他们停送了，现在没法再重新开始送，”她说，“我想我本应该请你帮着收报纸的，不过你知道杰克的情况。”杰克是她儿子，稍有点弱智。她做的一切都是为了取悦杰克，或者她也就这么一说。言下之意，他是一个小暴君。我对他了解很少，只知道他口齿不清，还有就是一次下暴雪，他帮我铲掉车道上的积雪。

“那没事了。”她说着便走开了。

我听到远处的摇滚乐。范德格里夫特家传出很响的笑声。他们家孩子不是病了嘛，是谁这么开心？我眯起眼使劲往房子里看，可是窗户被照得太亮了，看不到里面。又一声尖叫，紧接着又是笑声。我站起来，走到草坪另一头。我敲敲门。莫莉气喘吁吁地来应门。

“你好，”我说，“我知道这个问题有点傻，不过我还是想问问，我妻子今晚有没有邀请你们来喝酒？”

“没有。”她说。她把额前的刘海拂到一边。她女儿踩着滑板从她身后疾驰而过。“小心点！”莫莉喊道。她对我说：“他们明天来给地板重新抛光。她高兴死了，能在屋里玩滑板了。”

“你今晚没给玛丽打过电话？”我问。

“我都一周没见到她人了。没事吧？”她问。

“那她一定是请了别人。”我说。

小女孩又踩着滑板嗖嗖滑过，把滑板一头翘了起来。

“上帝啊，”莫莉用手掩住了嘴说，“迈克尔去杜勒斯接他兄弟了。不会是玛丽问了迈克尔，而他忘了告诉我吧？”

“不，不。”我说，“我敢肯定是我搞错了。”

莫莉一如往常地粲然一笑，不过我看得出来我让她很不安。

回到家里，我把灯调暗了一挡，站在前窗旁，望着天空。今晚没有星星。也许乡间会有，但这儿没有。我看到蜡烛，心想，管他呢。我划亮火柴点起蜡烛。烛台是银质的，装饰华丽，质地厚重，是我姨妈的传家宝，她住在巴尔的摩。蜡烛燃着，我看着窗户，看到了烛焰和我自己的映象。微风吹来，蜡烛结了烛泪，滴落下来，于是我又多看了几秒，便吹灭了。蜡烛冒着烟，但我没有舔手指便掐了烛芯。我又看了一眼空旷的街道，然后坐在椅子上，看着餐桌。

我要让她看看，我心想，她回来的时候我也走了。

然后，我想着要喝上几杯，吃点东西。

但是时间过去了，我没有走，也没有喝酒，碰都没碰桌子上的东西。这时我听到一辆车停了下来。闪烁的车灯引起了我的注意。一辆救护车，我心想——我不知道是什么情况，但是她不知怎么的弄伤了自己，救护车不知道什么原因过来了，然后……

我跳了起来。

承办人站在门口，皱着眉头，肩膀微耸。她穿着抹胸上衣配牛仔裙和跑鞋。我身后的屋里一片寂静。我看到她朝我背后外屋灯的方向张望，分明很困惑。

“这只是个玩笑，”我说，“我妻子开的玩笑。”

她皱起眉头。

“没有什么晚会，”我说，“我妻子出走了。”

“你在开玩笑。”承办人说。

我看着她背后的车，车灯在闪。那个男孩不在前座上。“你到这儿来干吗？”我问。

“哦，”她说着垂下眼帘，“事实上我——我想你们可能需要帮忙，我可以来干一会儿。”

我皱起眉头。

“我知道这听起来有点怪，”她说，“不过我刚入这行，想给人留个好印象。”她还是没有看我。“我以前在社区学院总务主任的办公室做事，”她说，“我讨厌那工作。所以我想，要是我做酒席的承办人，有足够多的活儿……”

“好，进来吧。”我说着站到一边。

已经有一阵子了，小虫不停地往屋里飞。

“哦，不了，”她说，“你们有麻烦，我很难过。我只是想……”

“进来喝一杯，”我说，“真的。进来喝一杯吧。”

她看着她的车说：“稍等。”她沿着走道走回车里，关了车灯，锁上车，又沿着走道走了回来。

“我丈夫说我不该插手，”她说，“他说我太用力讨好别人了，如果你让人看出来太急吼吼，就得不到想要的东西。”

“别理他的理论，”我说，“请进来喝一杯吧。”

“我觉得你妻子有点烦躁，”承办人说，“我以为她是因为搞一个这么大型的聚会而紧张，有人帮忙她会心存感激。”

她犹豫了一下，然后走了进来。

“好。”我说着摊开双手。

她不安地笑了起来。我也笑了。

“红酒？”我说着指指窗台。

“挺好。谢谢你。”她说。

她坐下来，我给她倒了一杯红酒，递给她。

“哦，我其实可以自己来。我是在——”

“坐着别动，”我说，“我作为主人总得招待一下，不是吗？”

我给自己倒了一杯波本威士忌，从冰桶里拿出几块冰，放在杯子里。

“你想讲讲这事儿吗？”承办人问。

“我不知道该说什么。”我说。我用一根手指在杯子里搅着冰块。

“我是从科罗拉多来的，”她说，“我觉得这个地方很怪，过于保守还是怎么的。”她清了清嗓子。“也许不是，”她说，“我的意思是，很明显，你永远都不会知道——”

“知道别人家里到底有什么事。”我替她把话说完。“现成的例子。”我说着举起酒杯。

“她会回来吗？”承办人问。

“我不知道。”我说。“我们以前当然也吵过架。”我喝了一口波本，“当然，这次不算是吵架，有点像她单方面的胡闹，我猜你会这么说。”

“有点滑稽，”她说，“她告诉你那些人都被邀请了，然后——”

我点点头，打断了她。

“我是说，外人会觉得滑稽。”她说。

我又啜了一口酒。我看着承办人。她是一个瘦削的年轻女人，本人看上去不会对食物有什么特别的兴趣。她其实挺漂亮的，那种清淡的美。

我们沉默着坐了一会儿。我能听到邻居家的尖叫声，我肯定她也听到了。从我坐的位置，我可以看到窗外；萤火虫发出点点短促的微光，从她坐的位置，她只能看到我。她看看我，又看看她的酒杯，再看看我。

“我不是说这对你有多重要，”她说，“但是能看到事情未必是它们表面那个样子，这一点对我有好处。我的意思是，也许这个地方还过得去。我是说，也不见得比其他小城更复杂。也许我有偏见。”她喝了一口酒。“我不是很想离开科罗拉多，”她说，“我在那儿做滑雪教练。跟我一起生活的那个人——他不是我丈夫——我和他本想在这儿开一家餐馆，但没成功。他在这一带有很多朋友，还有他儿子，所以我们来了。他儿子跟他妈妈一起过——我朋友的前妻。我几乎谁也不认识。”

我拿过酒瓶，给她又倒了一杯酒。我喝干最后一滴，晃动冰块，给自己添上酒，把酒瓶放在地板上。

“很抱歉我冒冒失失地搅和了进来。我待在这儿一定让你不自在了。”她说。

“没有，”我说，有一半是真心的，“我见到有人来很高兴。”

她转过身，回头看看。“你觉得你妻子会回来吗？”她问。

“不好说。”我说。

她点点头。“这种情形很奇怪，你知道某个人的一些事，他们却对你一无所知，不是吗？”

“你是什么意思？你刚才跟我讲了科罗拉多，还有你们打算开餐馆。”

“是啊，”她说，“不过那些不是私事。你知道我的意思。”

“那就把私事说来我听听。”

她的脸红了。“噢，我不是那个意思。”

“有什么不行的？”我说，“这个夜晚已经够奇怪的了，不是吗？你跟我说点私事又如何？”

她咬起了手指甲根上的硬皮。她可能比我想象的年轻。她留着一头闪亮的长发。我试着想象她穿着尼龙外衣，站在滑雪场的斜坡上。这让夜晚突然显得更热了。我因此意识到只要再过几个月，我们就都会穿上羽绒服。去年十一月下了场大雪。

“跟我一起生活的那个人是个插画家，”她说，“你可能看到过他的一些东西。他不缺钱，他只是什么都想要。画画，开餐馆。他很贪心，不过他总能想办法得到他想要的东西。”

她喝了一口酒。“说这些怪怪的，”她说，“我不知道为什么要跟你说我们的事。”然后她不说了，抱歉地笑笑。

我没有安抚她，而是站了起来，在两个盘子里放了些吃的，把其中一个放在我椅子旁边的小桌上，另一个递给她。我又给她倒了一杯酒。

“他在陶瓷厂旁边有一个工作室，”她说，“那栋装有黑色百叶窗的大楼。下午他给我打电话，然后我就带一个野餐篮过去，我们吃午餐，做爱。”

我用拇指和食指把一块饼干掰成两半，吃了。

“不过这不是关键，”她说，“关键问题是，午餐总像一种 Wonder 面包之类的东西。真的很怪。我切掉面包的硬皮，涂很多蛋黄酱做红肠三明治。或者用 Ritz 饼干做 cheez-whiz 芝士酱三明治，或者是花生酱和棉花糖三明治。我们喝 Kool-Aid 饮料、根汁汽水什么的。有一次我做了热狗，然后切成片，夹在饼干里，再在边上抹上一圈奶酪，就着 Dr. Pepper 汽水吃。总之，午饭一定得是很难吃的东西。”

“我明白了，”我说，“我猜我明白了。”

“噢，”她说着又垂下了眼帘，“我是说，我猜这很明显，你当然能明白。”

我等着，看她是不是打算让我也吐露一些事情。可她却站了起来，把最后一点酒倒在杯中，背对我站着，看向窗外。

我知道那个陶瓷厂，在小镇比较乱的那一带。那条街上还有一个酒吧。有天晚上，我从酒吧里出来，一个年轻人袭击了我。我记得他骑车冲过来时动作有多快，轮胎摩擦地面发出尖利的声音，就好像他驾的不是自行车而是辆大汽车。然后他扑到我身上，半打半压，好像我的钱包会从藏着的地方弹出来，就像小丑的头从整蛊魔术盒里弹出来那样。“在我的后袋里。”我说。他随即把手塞进我的口袋，然后在我腰间重击一记。“躺着别动！”他几乎是在耳语，我侧卧着躺在地上，把手盖在脸上，这样，他之后回想起来就不会因为我看清了他的脸而回来找更多麻烦了。我的鼻子在流血。我的钱包里只有大约二十块钱，我把信用卡放家里了。后来，我终于站了起来，试着走动。陶瓷厂里有一盏灯亮着，但是里面没什么动静，我推测里面没人——只是留了一盏灯而已。我把手按在大楼墙上，想站直一点儿。有那么一下，一阵剧痛穿透了我的身体——如此剧烈，我又倒下了。我呼吸了几次，疼痛过去了。透过大玻璃窗，我看到陶瓷做的牧羊人和动物——会放在基督诞生的场景布置里。它们没上釉彩——还没有烧制好——因为全是白色的，大小几乎一样，猴子和东方三博士[1]看起来非常像。离圣诞节还有一个星期左右，我心想，它们为什么还没完工？时间太紧张了，要是他们再不抓紧上色，就太迟了。“玛丽，玛丽。”我低声说，知道我有麻烦了。然后我努力走动，上了车，回家去见我的妻子。

1 《圣经》人物。根据《新约·马太福音》记载，耶稣诞生时，有三位博士（博学之士）在东方看到伯利恒方向的天空中有一颗大星，于是便跟着它来到了耶稣的诞生地。

霍雷肖的把戏

距圣诞节还有几天的时候，联邦快递的卡车停在夏洛特家门口。夏洛特的前夫爱德华给她寄来一个包裹，给他们十九岁的儿子尼古拉斯寄来一个更大的包裹。她马上拆开她的包裹，跟去年送的礼物一样：一磅裹巧克力的澳洲坚果，包着银色的条纹纸，附的贺卡上写着："爱德华·安德森及家人祝圣诞快乐。"这一次，贺卡是爱德华的妻子写的，不是他的笔迹。夏洛特把包裹里的东西倒在厨房的地上，玩起了弹珠游戏，用一颗坚果弹另一颗坚果，看着它们四处滚动。尼古拉斯到加油站换油的时候，她喝了几杯波本威士忌，没喝太多。她开始玩弹珠游戏前先把厨房门关了起来，否则她的狗霍雷肖就会全速猛冲进来，他每次听到厨房里有动静时都这样。霍雷肖是这个家的新成员——假期的访客。他是尼古拉斯的女朋友安德烈娅的狗，她飞到佛罗里达去跟父母过圣诞节了，因为尼古拉斯要开车来这儿过圣诞，他便捎上了霍雷肖。

尼古拉斯在圣母大学上大三。他遗传了父亲的鬈发——爱德华讨厌那样的头发，他称之为泡面头——但不讨厌自己的蓝眼睛。夏洛特一直为此感到难过。尼古拉斯遗传了她的眼睛：普通的褐色眼珠，她喜欢盯着它们看，尽管她自己也说不清为什么觉得它们有趣。她提醒自己不要盯着他看太久。那天早上吃早饭的时候他刚说过："夏洛特，下了床就被人那么盯着有点不舒服。"他现在常叫她夏洛特。六年前她搬到了夏洛茨维尔，虽然这个小城的住户喜欢社交，她也认识了不少人（她和其中多数人的交情终于到了不再开玩笑说一个叫夏洛特的人住到了夏洛茨维尔[1]），可她就是不知道哪家人有和尼古拉斯年龄相仿的儿子。也够奇怪的，她认识两个和她年龄相仿的女人，都快要生了。其中一个有一点点害臊，另一个兴高采烈。这是件丑闻（夏洛茨维尔的人们把丑闻——他们并不真的这么认为——叫作"丑故事"，以此自嘲），这位兴高采烈的四十一岁的准妈妈，刚从弗吉尼亚大学法学院毕业，并未成婚。也有传言说她四十三了。

夏洛特在城里一家颇有名望的老牌律师事务所做律师

1 "夏洛茨维尔"（Charlottesville）的字面意思是"夏洛特（Charlotte）城"。

秘书。她和爱德华十几年前分手以后，离开纽约搬到了华盛顿，在那儿的美利坚大学注册入学，继续读本科，准备考法学院。尼古拉斯在拉斐特中学上学，周末由夏洛特的父母照顾，他们住在克利夫兰公园一带，夏洛特就把自己关在屋里，通宵看书。但还是有麻烦：尼古拉斯在新学校很难交到朋友；另外，夏洛特和爱德华之间的怨愤似乎因为地理上的距离而升级了，结果夏洛特常常受到干扰，接到爱德华打来指责她的电话，对她拿学位的事毫无信心。最后她终于承受不了了，决定放弃做律师的计划，做了律师秘书。爱德华开始来访，从纽约坐高速列车到华盛顿。有一天他带着一个黑头发黑眼睛的年轻女人出现了，她身上戴的珠宝似乎太多了点。在那之后他们很快就结婚了。礼物卡片上的“及家人”指的是她和她上一次婚姻的女儿。夏洛特从没见过那孩子。

夏洛特看着后窗窗外。霍雷肖在院子里嗅着风的味道。尼古拉斯在南下的路上停车买了桩子和锁链，用来约束霍雷肖。事实上，那条狗看起来挺开心，对夏洛特院子里的鸟或者偶尔出现的猫并没有太多兴趣。这会儿尼古拉斯人在楼上，正在和安德烈娅打电话。尼古拉斯对那个女孩的积极与专注远远超过一个正把救生圈扔给落水儿童的人。

夏洛特又倒了一杯波本威士忌，往杯里撂了三块冰块，坐在对着吧台的凳子上，吧台上放着电话、便笺簿、待付的账单，还有要钉的单粒纽扣。还有两节没电了或是没用过的电池（她记不清了）和一些回形针（尽管她记不起上一次在家里用回形针是什么时候了），还有几个木塞、一小瓶 Visine 滴眼液[1]，一些零散的阿司匹林和一个破手镯。有一件小工具，是她从一个上门推销的人手里买的，叫“柠檬去皮刀”。她突然把小刀拿起来，假装在指挥，因为尼古拉斯刚在楼上放了亨德尔。他总是会放音乐来掩盖打电话的声音。

“为了万能的主啊上帝……”她忘了给特兹维尔家回电话，确认参加柯南神父的生日晚会。她之前说好问一下尼古拉斯去不去，再回电话的。她本来准备早饭时问他的，后来可能忘了。现在她突然发现，霍雷肖可能是她的救星。不管什么时候进屋，他总是兴奋不已，在屋里四处跑，如果这能让尼古拉斯放下电话，又有谁会怪她呢？她走到门外，哆嗦着，飞快地给狗解开链子，带他进了屋。他的毛又软又凉。他和平常一样乐于见到她。刚一进屋，他就窜上了楼梯。她站在楼梯底下，听着霍雷肖在尼古拉斯房门外喘气。果然，门砰的一声开了。尼古拉斯站在楼梯顶上，瞪着楼下。他的样子

1 美国强生公司从辉瑞制药收购的眼药水品牌，有消除眼球红血丝的功效。

的确像是刚救了落水儿童：头发蓬蓬的，一秒钟也匀不出来。“他在屋里干什么？”他问。

“外面冷，”她说，“尼基，特兹维尔家今晚为柯南神父的生日举办晚餐会。你跟我一起去吗？”

女高音们齐声高唱。她一定显得很慌乱——他肯定注意到她的双手突然握住了楼梯扶手的栏杆——也许正是因为这个，他飞快地点点头，然后转过身去。

夏洛特回到厨房，脱掉靴子，用一只穿着长袜的脚轻轻抚摸着狗。作为回应，他跳了起来，开始他的固定小节目，他那个著名的把戏。他坐下来，伸出右爪，几乎有些沾沾自喜。然后他在那条腿上擦擦鼻子，把右爪放回到地上，又以同样的姿势抬起左爪，在左爪上擦鼻子。他打了一个喷嚏，往左转了两圈，随即过来等待爱抚。小把戏当然没什么寓意，不过用来取悦众人一贯奏效。有时夏洛特甚至会在走进一个房间的时候发现他在玩这把戏自娱自乐。“好，你真棒。”她对着霍雷肖轻声说，挠挠他的耳朵。

她听到尼古拉斯下楼的脚步声，叫道：“你去哪儿？”尼古拉斯很多时间都独来独往，这令她很沮丧。他白天大部分时间待在楼上学习，要不就打电话。他已经穿好了大衣，戴上了围巾。他没有把大衣围巾挂在门厅的衣柜里，而是放在了自己屋里。他什么都放在那儿，好像随时准备收拾行装，迅速上路。

“去修车厂，”他说，“别不高兴。没什么大不了的。我昨天问他们有没有时间加固后制动油管，他们说今天下午可以给我安装。”

“这事为什么会让我不高兴？”她说。

“因为你会觉得车不安全。你总是会想到坏事。”

“你在说些什么啊？”她问。她正在写圣诞贺卡，想说服自己“亡羊补牢”这句话是有道理的。

“那次我拇指骨折，你搞得我好像四肢瘫痪一样。”

他说的是去年——骑车时受的伤，车在结冰的路面上打滑了。她就不应该飞到印第安纳去，可是她很挂念他，想到他受伤就难受。上大学前，他从未离开她身边。她没有小题大做，当众哭闹——她只是到了那儿，在一家汽车旅馆给他打电话。（她现在不得不承认，在内心深处，她觉得这趟旅行也许能让她有机会认识安德烈娅，那位开始在尼古拉斯信中出现的住校外的女生。）尼古拉斯大惊，她居然千里迢迢赶来。他自然是没事——左手打了石膏而已——他几乎恼怒地说，跟她说什么她都反应过度。

“你没忘了晚餐的事吧，嗯？”她说。

他转过身看着她。“我们已经谈过这件事了，”他说，“七点钟——对吗？”

“对。”她说。她开始写另一个信封，企图转移注意力，结束这个话题。

“修车厂那儿大概要一个小时。”他说。

然后他就走了——他父亲离开的时候也总是这样——连句再见也不说。

她又写了几张贺卡，然后给花店打电话，看他们是否能在纽约找到卖天堂鸟的地方。她想送花给玛蒂娜，是她的老朋友，刚从基韦斯特度假回来，回到了上东区的寒风中。夏洛特听到有一家店有天堂鸟，很开心，那儿已经卖掉一打了。“我想我们会有好运的，”花店的女人说，“如果纽约都找不到天堂鸟，那我不知道哪儿还能找得到。”她的声音很年轻——夏洛特挂了电话才想起来，她可能是范泽尔的女儿，因为沾毒品被大学除名，刚在城里一家花店找到工作。夏洛特十指交扣，轻触嘴唇，对圣母马利亚默默祈祷：永远别让尼古拉斯碰毒品。让我的尼古拉斯远离灾祸。

特兹维尔家的下沉式餐厅以中国红为主色调，远处的墙边是一个巨大的玻璃陶瓷书柜，四边镶黄铜，里面照明，效果仿佛是打了光的雕花玻璃。搁架也是玻璃的，边缘光芒闪烁，有种棱镜的透亮明净。夏洛特看到马丁·史密斯在那里一点都不意外，他承包了一家叫作“杰斐逊之梦”的餐饮服务公司，自己亲自到场指导了。夏洛茨维尔的人们有始有终——连享乐都不会完全碰运气——夏洛特喜欢这一点。伊迪丝·斯坦顿，主人的表妹，算是夏洛特搬到夏洛茨维尔以后交的第一个朋友。(她还记得她们一起吃的第一顿午餐，伊迪丝若有所思地盯着海鲜沙拉：这个新来的、在伯韦尔-麦基工作的好看的单身女人会适应这里吗？)她在和柯南神父说话。夏洛特使劲盯着他的脸看——一张圆圆的、坦诚的少年的脸，只是眼睛周围布满了深深的皱纹——在他脸上，她看到了那种她称之为“茫然的阁下”的表情。他会一边点头、微笑、轻声说“不可信”，一边听伊迪丝上气不接下气地喋喋不休(她肯定是在讲去年夏天她在圣巴巴拉一个女性健美运动中心上的课)，但他是装作兴致盎然。伊迪丝不是天主教徒，她不可能了解菲利普·柯南其实是那种复杂的、会让人吃惊的人。他有一次告诉夏洛特，他靠打工赚钱念完康奈尔以后(他父亲在纽约州北部有一家修车厂)，骑着一辆哈雷-戴维森周游全国，探寻他灵魂中担任神职的愿望。夏洛特想到了他的这份自信，微笑起来。就在上周，他还告诉她，有时他依然渴望骑摩托车，他的头盔还放在卧室衣橱的最上层。

一个侍者经过，夏洛特终于拿到了一杯酒。她巡视房间，高兴地看到尼古拉斯在跟麦凯的女儿安吉拉聊天，她从乔特[1]回家来过圣诞。夏洛特想起一个月前的那天，安吉拉的母亲珍妮特向布尔维尔–麦基的主任咨询她跟她丈夫查兹法定分居的事。查兹也是个律师，他正搂着妻子的腰站在那里，跟夏洛特不认识的一对夫妇交谈。也许查兹还不知道她咨询过离婚的事。女主人 M. L. 穿着她桃色的长裙经过，夏洛特碰碰她的肩头，低声说："棒极了。谢谢邀请我们。"M. L. 给了她一个拥抱，说："我都没过来和你打个招呼，我肯定是走开了。"她离开的时候，夏洛特闻到了她的香水味——M. L. 晚上总搽"喜悦"[2]——听到她丝裙的窸窣声。

马丁·泽尔向夏洛特走来，跟她讲起自己的膝盖有风湿病。他轻拍着胸前口袋里的一个小瓶子说："所有的医生都

1　指乔特·罗斯玛丽高中（Choate Rosemary Hall），位于康涅狄格州沃灵福德的一所顶尖私立高中，创建于 1890 年。

2　喜悦（Joy），让·巴杜（Jean Patou）公司生产的一款香水，被认为是世界上"造价最昂贵"的香水，每 30 毫升就需要 1000 朵茉莉和 28 打玫瑰。2000 年，它在香水基金会（The Fragrance Foundation）主办的被誉为"香水奥斯卡"的菲菲奖（FiFi Award）中，击败香奈尔 5 号（Chanel No. 5），被评为"世纪之香"。

痴迷于'雅维'[1]。"他说:"随便问哪个人,他们都两眼放光。你还以为瓶子里是卢尔德圣水[2]。打开瓶盖,拿出棉团,开始膜拜。我不是开玩笑。"他注意到他好像引起了柯南神父的注意。"没有不敬之意。"他说。

"是谁被轻慢了?"柯南神父问,"药品公司?"他与夏洛特眼神交汇,只一秒,便眨眨眼,移开了视线。他叉了一只虾吃,用手挥开一个侍者手里递出的纸巾。

弗兰奇·梅尔金斯突然冲到夏洛特前面,吻她脸颊上方的头发。弗兰奇去年新年的时候出了一场严重的车祸,柯南神父去医院探望以后,他就重回教堂了。关于这事,人们有很多议论,加上案子庭下和解的事实,让人们相信弗兰奇拿到了很多钱。弗兰奇和马丁开始比较止痛药的故事了,夏洛特便悄然离去,走到侧门那里,有人已经敲了一阵子门了。奥伦和比利!奥伦很能捣鬼。他送了他侄子们一套鼓做圣诞礼物,还有一次在一个根本不是婚礼的晚会上撒米[3]。她一

1　雅维(Advil),辉瑞制药生产的一款非类固醇类消炎镇痛药,于1984年推出。公司在推广时称阿司匹林与泰诺均已过时,此药为更新换代的产品。

2　卢尔德(Lourdes),欧洲最著名的天主教朝圣地,位于法国南部的上比利牛斯省。据传圣母马利亚曾在此显圣十八次,并赐治百病的圣水。

3　在婚礼上撒米这一风俗可追溯到古罗马、古希腊时期,在美国颇为流行,意在祝福新人好运、富足。

打开门，他就给了她一个熊抱。

“到底是怎么回事！”M.L.说，两个男人进屋以后她盯着门外。“啊，我敢打赌，弗兰奇让出租车司机在外面等着呢。”她用力挥舞胳膊，向他吹口哨。她朝夏洛特转过身来。“你能相信吗？”她说。她把视线投到夏洛特身后的弗兰奇身上。“弗兰奇！”她叫道，“你要让你的出租车司机整晚待在车道上吗？有很多吃的，叫他进来吃点东西吧。”

柯南神父站在那儿跟男主人丹·特兹维尔交谈。他们看着壁炉台，讨论着搁在上面的一小幅带画框的裸女图。她无意中听到柯南神父很遗憾地说那个画家最近离开了大学的艺术系，回纽约去了。夏洛特从侍者手里接过另一杯酒，视线又回到柯南神父身上。他正在仔细审视那幅画。夏洛特去洗手间的路上，听到尼古拉斯在跟安吉拉·麦凯聊手部手术的细节，他把拇指和食指张得很开。安吉拉看着他手指间的空处，就好像盯着显微镜下蠕动着的令人着迷的东西。他的手？尼古拉斯做过手部手术？

夏洛特走到卫生间门口的时候，一个侍者正要出来。她很高兴里面没人，因为她离开家以前喝了两杯，在晚会上又喝了一杯。她上厕所前把酒杯放在洗手池后面。如果她把酒留在那儿会怎样？会有人注意到，有什么想法吗？

洗手间很小，小小的竖开窗被打开了。不过，夏洛特还是能闻到烟味。她伸手去把窗户拉上，插上插销，在她的黑色新衬衣上抹了抹手。“呼嘘。”她开口模仿丝绸发出的声音。“里面有人。”她听到一个声音说。她抿了一小口酒，把窗户插销松开，又把窗户推了开来。天空一片漆黑——在她能看到的那一小片天上，看不到星星。外面风很大，像林子里脱缰的动物。她转身开始洗手。水龙头让她想起她多年以前在罗马看到的一处喷泉，那时她刚结婚不久。她很烦罗马有那么多东西造型夸张，形体却不完整：巨大的大理石头像——狮子和滴水怪兽，波浪般起伏的鬃毛，喷水的神兽——但是通常只有九级天使和二级天使才有完整的身体。她擦干手。那不可能是真的——不可能所有的喷泉都一个样。她心想，我为什么要想罗马的喷泉呢？

她打开门，看到马丁·范泽尔在昏暗的过道上，他苍白的脸同他黑色的细条纹西装形成诡异的对照。“派对很棒，是不是？”他说。她在门外停了下来，站在路当中。她过了一分钟才意识到自己正盯着人家，还挡了他的路。“每年都这样。”她听到自己说。然后他过去了，她转身面朝着派对的喧闹声。她走下通往房间的两级台阶时，一个男人走了过来，他妻子在二十九号路上开了家托儿所。“夏洛特，你刚才没见到我妻子，又失去联系了。她在跟柯南神父说——嗨，他又不见了——她以为切尔诺贝利是今年的事。是去年，去年春天。”

“好吧，我信你的，”他妻子假笑着说，“阿瑟，你干吗说起这个？”

尼古拉斯走到夏洛特身边的时候，男主人敲响了钟声，大家都安静下来。

“不是圣诞老人。是一年一度为柯南神父送走旧年，迎来新年的钟声。”男主人欢快地说。他又敲了一下钟。“因为今天他又成为了我们的生日男孩，如果他要继续变老，我们也将继续留心。”

柯南神父举起酒杯，脸涨得通红。“感谢大家——”他开口说，但是男主人又敲响了钟，钟声盖过了他的声音。“哦，别，你别。你可别让我们抽出参加晚会的时间来听你演讲，”男主人说，“菲利普，把你的演讲留到礼拜天，留给那些对你着迷的听众吧。菲神父，生日快乐！晚会继续！”人们大笑欢呼。

夏洛特看到有人的酒杯在两个杯垫之间的桌面上留下一圈白印。珍妮特的丈夫走上前来，聊起保险业徇私舞弊的代价，然后夏洛特感觉到尼古拉斯把手搭在她胳膊肘上。“不早了，”他说，“我们该走了。”她开始跟他介绍珍妮特的丈夫，可是尼古拉斯却带着她离开，走进一间卧室，那儿的两个临时衣帽架上鼓鼓囊囊地挂着大衣和毛皮衣服。床上还堆了一大堆衣服。再后来，她和尼古拉斯突然跟 M.L. 一起站在了院门口，一边费力地套上大衣，系上围巾，一边说再见。门关上以后，夏洛特才意识到她一个字也没跟柯南神父说。她转过头向后面的房子张望。

“走吧，”尼古拉斯说，“他都没注意我们离开。”

“你跟他说话了吗？”夏洛特问。

“没有，”尼古拉斯说，“我跟他没什么可说的。”他朝着他们停在车道尽头的车子走去。她抬头看着他。

“我只是问问。”她说。

他走得太远了，没有听到。他给她拉着车门，她上了车。他绕到车头，她意识到他不知怎么的有点郁闷。

“好吧，”他上了车，砰的一声关上车门说，“错怪你了。总是错怪你。你愿意我把发动机开着，咱俩一起回去跟柯南神父道声晚安吗？因为那样才周全得体。我可以鞠个躬，而你可以行屈膝礼。”

夏洛特没想到，那一刻除了挫败感，她还感受到一种更强烈的情绪。她想不到会是这样，直到她意识到，让她感到窒息的是悲伤。“不了，”她轻声说道，“你说得完全正确。他都没注意到我们离开。”

电话响了两回，打断了他们喝茶拆礼物的圣诞夜仪式。尼古拉斯一整天都对她很好——甚至带她出去吃午饭，还给她讲故事逗她开心，说他有个教授讲课时用的全都是疑问句——因为他知道自己前一天晚上离开晚会的时候冲她发脾气了。每次电话响的时候，夏洛特都希望不是安德烈娅打的，因为那样他就会离她而去，很久都不回来。第一个电话是玛蒂娜从纽约打来的，她收到花喜出望外；第二个是M. L. 打的，祝他们圣诞快乐，说觉得不好意思，派对乱哄哄的，都没跟他们正儿八经讲几句话。

尼古拉斯送给她一条开司米围巾和一双浅蓝色的皮手套。她送了他《格兰塔》杂志和《曼哈顿公司》杂志的订阅费、一件厚厚的帽衫，还有一张一百美元的支票，他可以买别的想要的东西。他父亲送给他一个从前属于他祖父的镇纸，还有一块手表，这表即使从火箭发射架上发射出去，也照走不误。尼古拉斯去厨房烧开水了，她靠在沙发上瞟了一眼礼物卡，上面写着“爱你的父亲”，是爱德华那种几乎无法辨认的笔迹。尼古拉斯回来了，拆开他的最后一件礼物，是他父亲的继女梅利莎送的：一支廉价的圆珠笔，里面有一张女人的照片，如果你把笔倒过来，她的衣服就会消失。

“梅利莎有多大？”夏洛特问。

“十二三岁。”他说。

“她长得像她母亲吗？”

“不大像，”尼古拉斯说，“但梅利莎其实是她妹妹的孩子，我从来没见过她妹妹。”

“她妹妹的孩子？”夏洛特抿了一小口掺了波本威士忌的茶，在嘴里含了一秒钟才咽下去。

“梅利莎还是婴儿的时候她妈妈就自杀了。我猜她爸爸不要她了，反正最后他抛弃了她。”

“她妹妹自杀了？”夏洛特问。她感觉到自己瞪大了眼睛。她突然想起前一晚，洗手间里开着的窗户、漆黑的天空、狠狠刮在她脸上的风。

“可怕吧？”尼古拉斯边说边把茶包从马克杯里拉出来，搁在茶碟上。“喂，我吓到你了？你怎么会不知道这事儿？我以为你是那种能预感灾难的人。”

“你什么意思？我不期盼灾难。梅利莎的事我一点都不知道。自然了——”

“我知道你不知道她的事，”他打断她，“你瞧——别生我的气，但我还是要说，因为我认为你没有意识到自己在做什么。你什么也不问，因为你害怕每一个可能的答案。这让人们不情愿跟你交谈。没人想告诉你事情。”

她又抿了一口茶。茶变温了，茶叶末浮到了水面上。“人们跟我交谈。”她说。

“我知道他们跟你交谈，”他说，“我不是在批评你。我只是告诉你，如果你散发出这种气场，人们会退却的。”

“谁会退却？”她问。

“夏洛特，我不了解你生活的全部。我只是告诉你，你从来没有问过一个关于爸爸家的问题——多少年了？十一年了。你甚至从来不提我继母的名字。她叫琼。你就是不想了解，就是这样。”

他把一团包装纸从脚边踢开。“我把话说完吧，”他说，“我的意思是你总是在担心。你总是认为有什么事会发生。”

她准备开口说话，却又喝了一口茶。也许所有的母亲在孩子十来岁的时候都会有家长做派。大家不是都说那个阶段父母几乎怎么做都不对吗？那是柯南神父说的——尽管我们总想尽可能做到最好，但不能指望总是成功。她希望柯南神父这会儿就在这里，整个夜晚就会不一样了。

“别生闷气，”尼古拉斯说，“你从昨晚开始就跟我怄气，因为我不愿意过去跟柯南神父套近乎。我几乎不认识他。我去参加晚会是因为你想让我去。我不再遵守教规了。我已经不是天主教徒了。我不相信柯南神父所相信的。只是因为二十年前他对人生产生了怀疑,他解决了,你就觉得他是个英雄。我不觉得他是个英雄。我不在乎他的决定。这对他来说是不错,但是跟我没什么关系。”

“我从没提过你信仰的丧失,”她说,“从来没有。我们不讨论这事。”

“你什么也不用说。最烦人的是你让我知道我吓着你了。好像我故意对你做了什么一样。”

“你想让我怎么做?”她说,“你以为我多能演戏?我是担心。你一点也看不到我的努力。”

“你也看不到我的努力,”他说,“我为了到弗吉尼亚来跟你过节,没去爸爸家,忍受爸爸的屁话,你也没给我记上一功。在你的要求下为了某个屈尊写信给我并告诉我他为我的灵魂祈祷的神父去参加一个无聊的晚会,这样的努力你也看不到。你从来想不到这些。而我却被告知,我出门的时候没有和他握手。如果我告诉你我修车以前车子开起来有问题,你只会更使劲地咬你的指甲,拒绝坐我的车。我希望你不要再无谓地恐慌。我希望你就此停止。”

她把马克杯放在桌子上，看着他。她心想，他已经是个大人了，比他父亲还高。尼古拉斯摇摇头，走出了房间。她听到他猛跺着脚上楼去了。几分钟之后，音乐响了起来。他在放摇滚乐，不是圣诞音乐，她的心似乎也开始以重低音冷酷无情的节奏跳动。尼古拉斯赢了。她坐在那儿，吓得要死。

那个声音震彻了她的梦：一次，两次，反反复复，然后惊醒了她。她睁开眼睛，花了一分钟才意识到她坐在起居室的椅子上，没在床上，而她刚才是在做梦。喧闹的乐声成了她梦境的一部分。她眯起眼睛。起居室的一角灯火通明——一种令人痛苦的明亮，像噪音一样连绵不绝。在明亮的区域之外，她看到圣诞树下一团团礼物包装纸影影绰绰的。她用一只手拂过额头，尝试缓解疼痛。狗在房间另一头抬起头看。他打了个哈欠，走到她身边的脚凳旁，摇着尾巴。

噪音持续着，是从外面传进来的。一个尖利的声音在她胸口回响。早些时候下雪了，一定还在下。有什么人的车陷在雪里了。

狗轻轻地跟着她走到前窗。前院的大橡树那边，有一辆车停的角度很奇怪，头灯冲着房子。一个前轮和一个后轮开上了坡。开车的人错过了该拐弯的路口，车子打滑溜进了她的地盘。一个男人在车身一侧弯着腰。另外一个人在驾驶座上，加大油门，轮子又转动起来。“等我走开！我的老天，等我躲开再说！”车子外面的那个人喊道。车轮又尖叫起来，盖住了他其余的话。

夏洛特从门廊衣橱里拿了大衣，啪的一声打开外面的灯。她把狗轻轻推回屋里，沿着步道小心地走过去。雪渗进了一只鞋里。

“出什么事了？”她叫道，双手紧紧按住胸口。

“没什么，”男人说得好像这是世界上最正常的事，“我想找点什么东西垫在后面，增加点摩擦力。”

她低头看到从她墙上扒下来的一大块石板垫在一个后轮下面。那个男人再次加大油门。

“他能搞定。”男人说。

“你需要我帮你叫辆拖车来吗？”她哆哆嗦嗦地问。

附近人家的窗子里都没有灯光。她没法相信自己是独自一人在干预这事儿，附近有一半人都没有醒来。

“好了！好了！”男人说，在司机又一次加大油门的时候蹲了下来。轮胎在石板上尖叫，但车子还是没动。她突然闻到什么甜香——是男人呼吸中的酒气。男人跳了起来，拍打车窗。“放松，放松，真见鬼，”他说，“你不知道怎么开车吗？”

司机摇下车窗，开始咒骂。另一个男人用手砸车顶。司机又踩下了油门，轮胎尖叫着转动起来。

她头一回觉得害怕了。那个男人开始拉司机那边的车门，夏洛特转过身，快步往家走去。不能再继续下去了，她心想，**必须停止**。她打开门。霍雷肖看着她，好像他刚才一直等在那里，现在只想要一个答案。

在轮胎刺耳的声音中，她听到了自己的声音，她在对听筒说话，向警察报告情况，提供了她的地址。然后她往里走，走进黑暗的厨房，从左手边过去，在那儿，别人从前窗或是前门两侧的玻璃窗格里看不到她。她听到两个男人在大声喊叫。尼古拉斯呢？他怎么还在睡？既然发生了这么多事他都没醒，她也就希望狗别叫，让他继续睡。她从厨房柜里拿出一个玻璃杯，向她搁着波本威士忌的酒架走去。她突然意识到自己可能会被看到，便又停下了脚步。她拉开冰箱门，找到一瓶打开的红酒。她拔掉木塞，倒了半满，喝了一大口。

有人敲门。会是警察吗——这么快？他们怎么能来得这么快，这么安静？她不大确定，直到敲门声停了很久她才偷偷往门廊外看。透过窄窄的长方形的玻璃，她看到一辆警车，亮着旋转的红蓝色警灯。

几乎是同时，她摸到衣服翻领上有什么东西，低头一看，吃了一惊。是圣诞老人：一枚小小的别针，做成圣诞老人头的形状，小红帽、胖乎乎的脸颊，还有拳曲的白色塑料胡子，底下悬着一根细线，挂了一个铃铛。尼古拉斯一定又去了他们在他回家第一天看到的那家商店。她在一盘圣诞主题的胸针和饰物中挑出了这枚。她告诉尼古拉斯她过去有一枚完全一样的——圣诞老人的头，带铃铛——那会儿她还是个小女孩。他一定是后来又回到那家店买下的。

她蹑手蹑脚摸黑上楼，身后跟着那条狗。尼古拉斯在卧室里打呼噜。她走过过道去她位于屋子前端的房间。她没开灯，坐在床上，从最近的窗户往下看。跟她说过话的那个男人正在掏自己的口袋，把里面所有的东西放在警车的车顶上。她看到警察的手电光束上上下下地扫着那个男人的身体，看着他听到警察说了什么以后解开大衣扣子，把大衣拉开。另一个男人被带到警车里。她能听到他的只字片语——“我的车，是我的车，我告诉你”——但是她听不清完整的句子，搞不清楚司机为什么强烈抗议。两个男人都上车以后，一个警察转过身朝屋子这边走来。她起身下楼，一只手抚过光滑的楼梯扶手，狗轻轻地跟在她身后。

警察还没来得及敲门，她就把门打开了。冷空气涌进了过道。她看到车子的排气管里冒着白汽。她自己呼出的也是白汽，警察也是。

“女士，我能进来吗？”他问。她让开道，警察进屋后她关上大门，把冷空气关在了外面。狗在楼梯平台上待着。

“他挺乖的，要么他本来就不是看家狗。”警察说。他的脸颊红扑扑的。他比她开始想象的要年轻。

“你做得对。”他说。他低下头，开始在写字板上填一张表格。“我给你的墙估了一个五十美元左右的赔偿。”他说。

她没说话。

“没有太严重的损坏，”警察说，“你如果需要这张表格的副件，可以早上打电话。”

“谢谢你。”她说。

他碰了碰他的帽子。“不如从雪里挖圣诞老人和他的驯鹿好玩。”他说着回头看看车，车子斜插到了草坪上。“圣诞节快乐，女士。”他说。

他转身离开后她关上门。随着门咔嗒一声，她记起了所有的事情。晚上早些时候，她上楼去跟尼古拉斯说，她很抱歉圣诞夜以吵架告终。她说她想让他到楼下来，她隔着关上的房门求他，嘴凑着刷白的木头门板。门最终打开了，她看到尼古拉斯穿着睡衣站在那里，她手指按在门框上站定，吃惊地意识到他是真真切切的，他就在那里。他望向她眼睛的深处——这个她帮助创造出来的人——然而，他不在的时候，在脑海里构想他的样子就跟在平常想象一件圣诞礼物一样奇怪。

尼古拉斯的头发乱蓬蓬的，他疲倦而恼怒地皱起眉头看着她。“夏洛特，”他说，“你为什么不早几个小时上来？我下楼去把狗放了进来。你大半个晚上都像一盏灭掉的灯。没人可以说你喝酒。没人该看到你。要是你不问问题，我们都应该忽略你的存在。没人应该为难你，对吗？你只跟柯南神父讲话，而他为你祈祷。”

现在，在楼下黑暗的门厅里，她记起了他说那些话时的感受，浑身战栗。她回到楼下，蜷在椅子上——没错，她是喝多了——但却是她醒过来，觉察到轮胎尖利的声音和人们的尖叫，而尼古拉斯一直在睡。还有，她想，他不可能像他看上去那么愤怒，想到这儿，她突然感到一阵轻松。他一定是在晚会之后把胸针别在她大衣上的——那是他们在车上吵架之后——或者是他下楼来放霍雷肖进屋，看到她在椅子上睡着了或醉倒了，他甚至有可能是在那时把胸针别上去的。他一定是在大衣还挂在衣橱里的时候把胸针别上去的，这样她第二天就能看到了。可她在出门去看汽车和噪音是怎么回事的时候，很意外地提前看到了。

她看着狗。他和往常一样，注视着她。

“你是真的很乖，还是本来就不是看家狗？”她轻声说。然后她拉下细绳，圣诞老人的脸亮了。她又拉了几下细绳，在狗的注视下微笑着。她回头看看身后厨房的钟，现在是圣诞节的早上三点五十分。

“来吧，”她低声说着又拉了一下细绳，“我完成了我的把戏，现在轮到你了。”

第二个问题

我们在那儿，在主教门医院走廊尽头的输液室里：周五的早晨，病人们在输血或打点滴，这样他们就可以回家过周末了。现在是二月，外面的雪已经变成了污泥般的糙灰色。内德和我靠窗站在一张小桌子旁，桌上摆满了甜点：甜甜圈、蛋糕、馅饼、布朗尼、曲奇。塑料刀叉有些码成一摞一摞的，有些像游戏棒一样散落在纸盘之间。内德观察了一下桌上的食物，然后挑了一个甜甜圈。理查德在椅子上睡着了，大张着嘴，用嘴呼吸。打点滴的这半个小时，他不断地睡去。他是少数几个睡着的人之一。一个五十过半的高个红发男人在听一个护士说他有可能掉头发。“你只要记住，宝贝儿，蒂娜·特纳[1]也戴假发。”她说。

外面，更大的雪花落下来，像揉成团的纸巾朝垃圾筒飞去。我走到窗边避开的就是这个：护士给一个年轻女人拿着

1　蒂娜·特纳（Tina Turner，1939—　），美国著名流行歌手和演员，演艺生涯长达五十年之久。

纸巾，让她擤鼻子。那个女人一边呕吐一边还流着鼻涕，却拒绝松开用拇指钳住的铝碗。“用纸巾，宝贝儿。”护士还在自顾自地说着，完全不理会那个摆出姿势惟妙惟肖地模仿蒂娜·特纳的同事。我也停下来不听了，但是有一句话却挥之不去：“会打破一切规则。”

理查德得了艾滋病，已病入膏肓。内德是他的前任恋人和长期的工作搭档，他发现自己的工作不再是读剧本、打信件和打电话，而是在一个特制的蒸锅里按阴阳方位摆放有机蔬菜，蒸菜的水是“波兰泉”矿泉水。几个月前，就是理查德必须停服叠氮胸苷[1]以加入主教门医院门诊治疗试验方案之前的那段时间，内德常常晚睡。反正他也没法在下午两点前给西海岸打电话——或者如果他有某个演员的私人电话或某个导演的车载电话号码的话，也可能早一个小时打。跟理查德和内德合作的所有人都比朝九晚五族的工作时间长，而我却一向清闲，这是我们之间的一个老笑话——我没有正式工作，但我真的有活儿干时，拿的钱却多得不合情理。内德总跟我开玩笑，话音里有一丝尖刻，因为他有点吃醋，理查德家里突然出现了第三个人。理查德和我在纽约相识，当时我们都在第八大道上的一家廉价理发店理发，座位相邻。他以

1 即 AZT，是美国政府认可的第一种治疗艾滋病的药物。

为我是他前一晚看的外百老汇戏剧里的女演员。我不是，但我也看了那场剧。继续聊下去，发现我们还经常在切尔西的同一家餐厅吃饭。我也觉得他面熟。我们就这样成为了多年的邻居——这个概念对纽约人而言比对小镇居民重要得多。我们认识的那天，理查德带我回他家，好让我冲个澡。

那一年，热水几乎上不到我住的顶层公寓，我那位西二十七街的房东对此一直不闻不问。认识理查德以后，我习惯了穿上运动衫，慢跑到他的公寓，在三个街区以东再过一个街区就到了。理查德自己的房东住另一套二层公寓，什么都愿意替他做，因为理查德介绍他认识了一些影星，还邀他去看很多电影。他听说我忍受的虐待以后气得直冒泡，情绪飙到极旺，理查德（他给我们仨做了滤滴咖啡）发誓说那是咖啡因导致的性亢奋，之后他就四处奔忙给屋子做维修。此时，在这个过于明亮的输液室里，我很难相信就在几个月以前，我还坐在理查德的小饭厅里，一堆耳机搁在一叠像塌方山石般的《综艺》杂志[1]上，占据了长条酒吧桌的中心。我们小口啜着新磨的牙买加蓝山咖啡，我戴着白手套的双手握住温热宜人的霓虹色咖啡杯。戴手套是为了尽可能延长乳液

1 《综艺》杂志（*Variety*），好莱坞最悠久的娱乐刊物之一，与《好莱坞报道》并称为美国娱乐界的两大行业报刊。

的吸收时间。我靠做手模谋生。每天晚上，我都涂上达尔·拉科图的橄榄油，加一点科颜氏的润肤露，外加两颗维他命E胶囊液。是理查德给我起了个昵称叫“莱可”，即“浣熊”[1]。我的白手套保护我免受划伤、指甲破裂和皮肤皴裂的麻烦。忘掉工商管理硕士吧：大家都知道，在纽约，大钱都是用奇奇怪怪的手段赚到的。

我转过头去不再看窗外的暴风雪。我们头上方的墙面支架拗过一个电视，电视里橙黄色脸孔的菲尔·唐纳休[2]容光焕发，激情四溢。当一个专门收回偿贷不清的车辆的男子谈论他的人生哲学时，唐纳休的态度由好战转为了怀疑。海蒂，本楼层最好的护士，在我旁边站了一小会儿，琢磨着如何摆放我们桌上的点心，好像它们是一盘下了一半的象棋。最终，她拿起一把塑料刀，把一块布朗尼切成两半就走开了，都没有抬眼看一眼外面的雪。

我每周末都坐班车去波士顿，最后我终于确信我永远也不会对豆城[3]产生任何好感。波士顿是个能让任何人都开

---

1 英文词为“Rac”，是“Raccoon”（浣熊）一词的缩写。

2 菲尔·唐纳休（Phil Donahue，1935— ），美国著名媒体人，他策划和主持的《菲尔·唐纳休秀》是美国第一档脱口秀节目，在全美电视台播出长达二十九年。

3 豆城（Beantown），波士顿的别称，源自该城人喜食的熏豆。

心的地方，不过公平地讲，我不大有机会看到它的这一面。内德和我在公寓（按月租的）和医院之间的路上走去走回。有一两次我坐出租车去有机食品店；还有一夜，就像每个母亲最恐惧的那种不负责任的保姆，我们去了酒吧，又看了电影，而在我们逍遥的时候，理查德却因药物的作用沉沉睡去，床头柜上亮着海蒂去百慕大度蜜月时给他带的海星夜灯。酒吧里，内德问我，假如时间停止，我会做什么：理查德病情不会好转也不会恶化，而我们一起走过的那些日子——种种危机，拐弯抹角的口舌，绝境下的幽默，困惑纠结，突如其来、无比清楚的医疗知识——一直持续。冬天，同样，也会持续：断断续续的雪，大风，没有窗帘就无法忍受的夕晒。我从来都不是一个深思熟虑的人，而内德不深思熟虑就活不下去。事实上，他多年前在斯坦福研究诗歌，写过一组题为“假如”的诗。理查德去加利福尼亚，他制作的一部电影放映之后，他在台上回答问题，突然发现被一个学生问倒了，他的问题复杂而虚华。这以后的十五年中，他们是情人、敌人，后来是挚友、工作搭档。他们从斯坦福来到纽约，从纽约去了伦敦，又从汉普斯特希思公园到了西二十八街，中间穿插了一些短期旅行，去阿鲁巴岛赌博，圣诞节去阿斯彭滑雪。

“你在破坏规则，”我说，“没有‘假如’。”

“假如我们到外面去，鲜花盛开，有一辆车——一辆敞篷车——我们开车去梅花岛，”他继续说，“水中映月，北斗当空。想想看。想象一下，你的负能量就会被有益的治愈系能量取代。”

“真有梅花岛这个地方吗？还是你编的？”

“很有名的。香蕉海滩就在那里。晚上绛紫亭里有乐队演奏。”

“是有一个梅花岛，”我旁边的一个男人说，“就在纽伯利港北面。夏天那儿有很多毒漆藤，可要小心点。我有一次把毒漆藤吸到肺里去了，有个该死的家伙把大麻跟那东西一起点。我在医院住了两星期，减免了一千块钱。”

内德和我看着那个男人。

“我请你们喝一杯，”他说，“我刚省了一大笔钱。我住的酒店按照客人入住时的温度收房费，以此招揽生意。房间里有一张大号床，一台‘诚实’冰箱[1]，还有那种可以把水流调到像暴雨梨花针般扎在你身上的淋浴喷头，一共只要十六块钱。我住那儿的花销比我家的取暖费还便宜。”

“你从哪儿来？”内德问。

1　指酒店房间里放有零食、饮料和酒的冰箱，客人结账时凭良心告诉前台自己拿了多少，故称“诚实”冰箱。

“罗德岛希望谷。”男人说。他在我面前猛地伸出胳膊，跟内德握手。“哈维·米尔格里姆，”他说着冲我点点头，“美国陆军预备役，上尉。”

“哈维，”内德说，“我看你对我这样的人毫无用处。我是同性恋。”

那人看着我。我也吃了一惊，跟陌生人讲这些不像内德的做派。情势将我和内德卷在了一起；命运促成了我们原本不可能有的密切关系。我们俩都无法想象没有理查德的生活。理查德只对很少几个人打开心门，但他一旦对谁敞开心扉，便会以此作为他自己不可或缺的理由。

“他在开玩笑。”我说。这似乎是最容易接的话。

“危险的玩笑。”哈维·米尔格里姆说。

“他很难过，因为我要离开他了。”我说。

“哦，这样啊，这种事情我可不会仓促决定，”哈维说，“我来百威生啤。你们呢？”

话题一转到酒，酒吧侍者就走了过来。

“苏联红伏特加，不加冰。”内德说。

“伏特加汤尼[1]。”我说。

1　伏特加汤尼（Vodka tonic），伏特加和奎宁水调制的酒，常配柠檬片作为杯饰。

“把我的换成占边[1]。”哈维说。他晃动双手，像甩色子的人动作那么快。“旁边放几块冰。”

“哈维，”内德说，“我的世界要乱套了。我的前情人也是我的老板，他的白血球计数跌得太低，活不了了。他在主教门医院的治疗是最后的机会。他是星期五下午的吸血鬼。他们把血输进去，这样他就有足够的力气参加这个试验研究方案，保留他的门诊资格，可是你知道这有什么用？想象他在参加印地车赛。他位置领先。他停到补给站准备加油，可是补给站工人却只给了他一个飞吻。其他车还在开，迅速超过了他。他大叫起来，因为他们应该给他的车加油，可是那些家伙不知是疯了还是怎么的，只给他送飞吻。”

哈维看着内德的手，手指张开，手指间形成深深的“V”字。接着内德把手指慢慢握起，放在下唇上，亲吻他的指甲。

酒吧侍者把酒杯放下，一——二——三。他舀了一些冰块到杯子里，把杯子放在哈维的波本威士忌酒杯旁边。哈维皱起眉头，看看这杯又看看那杯，一言不发。然后他把那一小杯威士忌猛地放下，拿起另一个杯子，取出一块冰，慢慢地吮吸着。他再也没看过我们一眼，也不再跟我们讲话。

1　即占边威士忌（Jim Beam），全世界销量最高的波本酒品牌之一。

内德和我溜到酒吧去的那个晚上，理查德开始过度呼吸。很快，他的睡衣就湿透了，牙齿打战。那会儿是凌晨四点。他扶着门框，双脚并拢，身体打着晃儿，像一个在玩风帆冲浪的人。内德睡在理查德床脚下的睡袋里，昏昏沉沉地醒来。我睡在起居室的沙发床上，一有风吹草动就醒。在重新入睡前，我到厨房去喝水，一只老鼠在冰箱底下跑动。它吓了我一跳，泪水随即夺眶而出，因为要是理查德知道有老鼠——老鼠正污染着这个他试图用离子发生器净化，用矿泉水加湿器加湿的环境——他就会叫我们搬家。想到要收拾那些关于整体健康的书籍、关于冥想的小册子、数不清的维他命、螯合矿物质和有机谷物的瓶瓶罐罐，还有壁炉上方悬挂的上帝之眼、他让内德抄了粘在冰箱上的伯尼·西格尔[1]著作的段落——我们已经搬过两次了，两次都没有充分的理由。不能一有什么东西冲进来，我们就收拾所有东西搬走，对吧？而且我们还能往哪里去？他病情严重，不能住宾馆，我知道医院附近也没有别的公寓了。我们只能说服他相信老鼠只是他想象的。我们会告诉他，他有幻觉；我们会说服

1　伯尼·西格尔（Bernie Siegel），美国医学博士，癌症治疗和整体医疗领域的专家。

他改变想法，就像我们跟他耐心解释，他现在经受的恐惧只是一个噩梦，以此来安抚他。他没在坠毁于丛林的飞机上，他是被卷在被子里，不是被水泥重重地往下拖。

我走进卧室，内德正使劲把理查德的手指从门框上扳开。他没成功，看着我，脸上是那种我已经熟悉的表情：恐惧，并且潜藏着极度的疲惫。

理查德的睡袍挂在他瘦骨嶙峋的肩头。他身上湿透了，我开始还以为他不小心走进了淋浴间。他朝我这边看，却没有意识到我在场。他无力地斜靠在内德身上，内德慢慢地扶他走回床边。

“真冷，”理查德说，“怎么没有暖气？”

“我们把暖气调到华氏八十度了，”内德疲惫地说，“你只要钻进被子就好了。”

“那边是海蒂吗？”

“是我，”我说，“内德正要扶你上床。”

“莱可。”理查德茫然地说。他对内德说：“那是我的床吗？”

“是你的床，”内德说，“你上了床就暖和了，理查德。”

我走到理查德身边，拍拍他的背，绕过去坐在床边，想引他过来。内德是对的：公寓里热得让人发晕。我站起来，把被子掀开，把床罩抚平。内德握着理查德的手，朝着床后退一步，转过身面对着他。我俩像演哑剧似的示意着我们对床的向往和愉悦。理查德舔着嘴唇，开始往床边走去。

“我去给你拿点水。”我说。

“水，”理查德说，“我以为我们在轮船上。我以为浴室是一个没有窗户的船舱。我不能待在看不到天空的地方。”

内德正使劲捶打理查德的枕头。然后他握起拳头，捶打床的中央。“所有乘客登上他妈的抗 SS-A 抗体[1]。”他说。

我拐进厨房的时候假笑了一声，可理查德只是急切地低语着他在浴室里体验到的幽闭恐惧。最后他终于回到床上，马上就睡着了。半个小时以后，离天亮还早，内德对我重复着理查德的低语，仿佛那是他自己的话。虽然内德和我不是一类人，我们却都能想象理查德的痛苦，是这一点把我们联系在了一起。我们把木椅从餐厅饭桌旁拉到窗边，坐下来，这样内德就可以抽烟了。他的香烟升起袅袅青烟，飘出窗外。

“去过马迪·格拉斯狂欢节[2]吗？”他说。

“去过新奥尔良，”我说，“但从来没去过狂欢节。”

“他们用长串珠链做交易，”他说，“人们站在法国区楼

1　抗 SS-A 抗体呈阳性时，常见疾病有干燥综合征和红斑狼疮等免疫系统疾病。

2　马迪·格拉斯狂欢节（Mardi Gras），新奥尔良的传统节日，是在基督教忏悔星期二当天、大斋期前一日举行的狂欢活动。

上的阳台上——女人，有时也有男人，他们冲着下面的人群喊叫，展示那些珠链：你让他们兴奋，她们就把珠链抛下来。你越会表现，得的珠链就越多。然后你可以戴着你所有的项链在街上走，大家都知道你最迷人，你最酷。你来一个脱衣舞的动作，那些南方老男孩儿——其实是男人——还有异装癖们都一起吹口哨，把长长的珠链扔下来。特别长的那种大家都想要，它们相当于五克拉的钻戒。”他把窗户又往上推了几英寸，好把烟掐灭。他用一根手指把烟弹到地上。然后他拉低窗户，没有完全关紧。这并不是内德瞎编的那种故事，我确信他刚才告诉我的是真的。有时我觉得内德给我讲故事是逗我，或者是以某种方式让我明白一件事：我是异性恋，而他是同性恋。

“你知道我有一次干了什么吗？”我突然开口，想看看我能不能也让他吓一跳。“记得我跟哈里有私情的那会儿吗？有天晚上我们在他家——他老婆去以色列了——他在做晚饭，我在翻她的珠宝盒。里面有一条珍珠项链。我不知道怎么打开项链扣，后来我才意识到可以小心地从头上套进去。哈里叫我的时候，我脱光了衣服，在黑暗中躺在地毯上，胳膊放在身子一侧。后来他来找我。他开灯，看到我，大笑起来，差不多是扑到我身上，结果珍珠项链断了。他直起身子说：

‘我做了什么？’我说：‘哈里，那是你老婆的项链。’他甚至都不知道她有那串项链。她一定没戴过。结果他开始骂骂咧咧地爬来爬去找珍珠，我心想，不，要是他重串项链，至少我要确保它的长度跟之前不同。”

内德和我转头去看理查德，他睡衣前面的结打得算是妥妥帖帖的，长筒袜套上了，头发梳到后面。

“你们俩在聊什么？”他说。

“嗨，理查德。”内德说，没能掩饰他的惊讶。

“我没闻到香烟味吧？有吗？”理查德说。

“是从楼下飘上来的。”我说着关上了窗户。

“我们没在说你。”内德说，他的声音既温和又警觉。

“我没这么说。”理查德说。他看着我。“能算我一个吗？”

“我在跟他说哈里，”我说，“那个珍珠的故事。”我们似乎越来越多地倚赖故事了。

“我从来没喜欢过他。”理查德说。他冲内德挥动一只手。“窗户开条缝好吗？屋里太热了。”

“你已经知道那个故事了。”我对理查德说，急于让他加入，“你来告诉内德关键的部分。”

理查德看着内德。“她把珍珠吃了，”他说，“趁他没在看，她就拼命吃。”

“我不想让她下次戴项链的时候还套得进去，”我说，“我想让她知道发生过一些事。”

理查德摇摇头，不过是慈爱的：他的一个小小的表示，仿佛我是他从未有过的一个天赋异秉却爱捣乱的孩子。

“有一次，我跟桑德去度假，我在波多黎各学到了一个把戏，”内德说，“我们在那个家伙的老板住的豪宅里，突然，这个人，这个老板，听到了什么声音，就上楼来了。于是我冲进了衣帽间——”

“他在大学是踢足球的。”理查德说。

我微笑着，不过我已经听过这个故事了。很久以前内德在一次晚间聚会上讲的，他当时喝醉了。那是他最喜欢的一个故事，因为他在故事里显得有点狂野，又有点狡猾，还因为有人得到了应有的惩罚。他的故事跟我上大学时男孩子常向我坦白的那些个事儿没什么大不同——关于约会和性的征服，中间省掉了一些部分，以照顾我脆弱的情感。

“于是我抓起身后挂着的不知道什么衣服——抓下来一堆衣服——等那个人进房间的时候，我一把推开门跳了上去，”内德说，“我全身赤裸，跑过去，倒霉的时候到了：我直接撞到他身上，把他撞晕了，好像动画片什么的。我知道他晕过去了，但我怕得想不清楚了，就继续跑。结果我抓到的是一件白色的带褶衬衫，还有一件——你们管日本人穿的那种外衣叫什么来着？感谢上帝，遮掉我一半大腿。”

“这些就是他要感谢上帝的事。”理查德对我说。

内德站了起来，越发激动了。“整个像是动画片。院里有一只狗开始追我，可那货被链子拴着。它冲到链子的尽头，只能在空中跳起来，龇着牙，可哪儿也去不了。于是我就站在那儿，离狗几英寸的地方，穿上衬衫，把外衣系在腰里，然后溜达到大门口，拉开门闩，大概走了四分之一英里之后，我到了某家酒店外面。我进去，到洗手间里收拾了一下，那时才发现鼻子骨折了。”

虽然我以前听过这个故事，但这是内德第一次提到鼻子骨折。有几秒钟他好像没了劲头，仿佛厌倦了这故事，不过接着他又来了精神，继续开讲。

“然后是我剩下的好运气：我出来了，前台的家伙是个同性恋。我告诉他我遇到了麻烦，请他给我在我们入住酒店的男友打个电话，因为我连打付费电话的硬币都没有。他就查了我们那家酒店的电话，拨了号码，把电话递给我。他们替我接通了桑德，他睡得正香，不过立刻跳起来尖叫道：‘又和漂亮男孩在城里过夜啦？酒吧突然关门，内德发现钱包忘在酒店了？你以为就因为你和某个勾搭上的家伙没钱付账我就会过来接你？’”

内德睁大了双眼，先转向我，又转向理查德，对着整间屋子表演。“他发火的时候，我就有时间思考。我说：‘等等，桑德。你是说他们什么也没拿到？你是说我把钱包忘在酒店了？’”内德窝在椅子里。“你相信吗？我真的把该死的钱包忘在我们房间了，于是我要做的就是跟桑德撒谎说我被抢劫了——那些狗娘养的逼我脱掉衣服，拿着我的裤子跑了。然后我告诉他，酒店的小子给了我一件和服穿。”他打了个响指。“这就是那种衣服的名称：和服。”

“他没问为什么是和服吗？”理查德疲倦地说。他用手摩挲着胡子楂。他的双脚伸向一侧，搁在沙发上。

“当然问了。我告诉他是因为酒店里有一个日式餐厅，如果你愿意穿着和服席地而坐，他们是允许的。酒店的服务员觉得他们不会看不到和服的。”

“他相信你了？”理查德问。

“桑德？他是在洛杉矶长大的，后来一直在纽约。他知道不得不相信一切。他开车带我回到酒店，说那些抢了我的人渣一点钱都没拿到实在是太好了。太阳出来了，我们一路开着那辆租来的车，他握住我的手，”内德把拇指扣在一起，“桑德和我又和好如初了。”

沉默之中，房间似乎在我们周围收缩。桑德死于1985年。

“我开始觉得冷了，”理查德说，“寒意袭来，好像有人在用冰擦我的脊梁骨。”

我站起来坐到他身旁，一手搂着他，一手按摩他的背部。

“又是那个该死的孩子，”理查德说，“如果那是他们的第一个孩子，我敢打赌他们再也不会生第二个了。”

内德和我交换了一下眼色。除了暖气片断断续续放出的蒸汽发出的嘶嘶声，唯一的声音就是冰箱的嗡鸣了。

“你的爪子怎么了，莱可？”理查德问我。

我看了看我的手，我正用拇指按着他肩膀下方的肌肉。在我记忆中，这是第一次睡前忘了抹润肤露和戴手套。我还条件反射地做着我多年前就训练自己不去做的事。我的保险合同上写明我不能这样使用我的手：不能用刀切东西，不能洗碗，不能铺床，不能给家具上光。但是我一直用拇指按摩理查德的背，来回摩擦。甚至在内德把沉重的毯子盖在理查德颤抖的肩头之后，我还一直按摩他嶙峋的脊梁骨，似乎是要给他注入一些力量来抵抗他那无望的困境。

“因为哭就讨厌婴儿确实很荒唐，”理查德说，“可我真的很讨厌那个婴儿。”

内德把毯子盖在理查德大腿上，又裹住他的双腿。他坐在地上，用一只胳膊搂住理查德裹着毯子的小腿。“理查德，”他轻声说，“没有婴儿，我们如你所愿一个楼层一个楼层地查过了。你血压开始下降时耳朵里的声音你听着像是婴儿在哭。”

“好吧，”理查德说，颤抖得更厉害了，“没有婴儿。谢谢你们告诉我。你们发过誓永远跟我讲真话。”

内德抬起头。“讲真话？从一个刚讲了波多黎各故事的人嘴里吗？”

“也可能你听到的是水管里的什么声音，理查德，”我说，“有时暖气片也会发出噪音。”

理查德使劲点点头，表示同意。但是他没听清我说的话。内德和我发现，将死之人会出现这样的状况：他们的思维总是飞速超过刚说的话，可是疼痛来得更快，蛙跳着跃向前方。

两天以后，理查德高烧住院，陷入昏迷，再也没有醒过来。他哥哥当天晚上飞到波士顿来陪他。他的教子杰瑞也来了，到得很及时，正好赶上跟我们一起坐出租车。试验治疗方案没有奏效。当然，我们还是无从知晓——我们永远也不会知道——理查德有没有吃到那种我们后来称之为“真货”的多音节词的药，他是不是药物对照组的一员。我们也不知道哈特福德来的牧师有没有吃到“真货”，虽然我们中间有传言说他红扑扑的脸是个好迹象。还有那个年轻的兽医怎么样了？每次我们在输液室碰到他，他总有乐观的话说。像克拉克·肯特[1]一样，衬衫下面有个秘密的“S”，那个兽医穿一件胸前印照片的T恤，快照上，他抱着他的边境牧羊犬，是在狗领到蓝色缎带的那天拍的。他告诉我，他每周五都穿这件，以求好运；他在肿瘤科打点滴，这有时能让他攒点力气晚上跟朋友去餐厅吃饭。

内德和我被又一个不眠之夜搞得筋疲力尽。因为理查德的哥哥和教子在医院，我们便以此为借口离开医院去喝杯咖啡。可是我觉得有点头晕，就去了洗手间，叫内德在大厅等我，用冷水抹把脸也许能振作精神。

洗手间里有两个十来岁的女孩。我从她们的谈话中了解到，这是一对姐妹，刚去探望了母亲。母亲在走廊那头的肿瘤科病房。她们的男友要来接她们，空气里有种兴奋的意味。一个女孩把头发梳成蓬蓬的辫子，另一个脱下破了洞的

1　克拉克·肯特（Clark Kent），美国动漫故事中的超人，他平时以克拉克·肯特的凡人身份在《星球日报》做记者，一有危急状况，他就脱去外衣，穿着胸前有字母“S”的超人装飞到出事地点主持正义。

丝袜，扔掉，然后把齐膝的裙子往上卷，摆弄成一条小迷你裙。“走吧，麦尔。”麦尔的姐妹站在镜子前说，尽管她还在从容地摆弄她的头发。麦尔伸手从化妆包里拿出一个小盒子，打开，在里面长方形的色块上拿小刷子飞快地擦抹。然后，我惊讶地看到，她用小刷子在两个膝头上转圈轻抹，让它们显得红润。我洗脸和擦脸的时候，一团喷发胶气雾缓缓飘降。镜子前的女孩用手扇着，把发胶瓶放进包里，又取出一支唇膏打开，张开双唇。麦尔在膝盖上抹完最后一笔，直起身来，撞到了她姐妹的胳膊，唇膏略微歪出了她的上唇。

“耶稣啊！你个笨蛋！”女孩尖声叫道，“看你把我弄的。”

“车里见。”她的姐妹说，拿过口红扔进她的化妆包。她把化妆包撂在包里，几乎是一蹦一跳着出去的，还一边说：“用肥皂和水擦擦就行了！”

“好一个小贱人。”我说，与其说是讲给留下的那个女孩听的，不如说是讲给我自己听的。

“我们的妈妈快死了，她一点都不在意。”女孩说。泪水夺眶而出。

“我来帮你弄干净。”我说。我的头比进来时还晕，好像是在梦游。

女孩面对我，睫毛膏在她的眼睛下方染了一片半月形的污迹，她的鼻子通红，嘴唇一端比另一端更尖细。她的眼神告诉我，我只是她碰巧在洗手间里遇到的一个人。就像在纽约的那天我碰巧在房间里，理查德从洗手间出来，卷着一只袖子，皱着眉说："你看我胳膊上的红疹是怎么回事？"

"我没事，"女孩擦擦眼睛说，"这不是你的问题。"

"我想说她其实是在意的。"我说，"人们在医院里会变得很紧张。我进来是要拿冷水泼泼脸，头有点晕。"

"你觉得好点了吗？"她问。

"好点了。"我说。

"要死的人不是我们。"她说。

那是一个游离于躯体之外的声音，来自某个遥远而令人费解的所在，它让我如此心神不定，以至于我需要扶着她站一会儿——我这么做了，把额头轻轻靠在她的额头上，我用手轻轻扣住她的手指，在出门前紧握了一下。

内德到外面去了，他靠在一根路灯柱上。他用烧得红亮的烟头指指右边，默默地询问我想不想去街区那头的咖啡馆。我点点头，我们便缓缓上路了。

"我想我们不会再有很多机会这么散步了，"他说，"医生出来的时候不讲话了。他乐观的话都讲完了。他还从我手里夺走一根烟，用脚后跟踩碎，说我不该抽烟。我对医生并不迷恋，不过那个医生身上有些我喜欢的东西。很难想象我会对一个鞋子上有流苏的人有感觉。”

天寒地冻的。我们进了咖啡馆，往常坐的吧台边的位子走去，门边电暖器的热风迎面扑来。只要不是医院，就足以让这个地方变得美妙，虽然它和医院只隔了一个半街区。有些医生和护士会来这儿，当然还有像我们这样的人——病人的朋友和家属。女侍者问我们是否都要咖啡，内德点点头。

“波士顿的冬天，”内德说，“从来不知道还有比我长大的地方更冷的冬天，可是我觉得这儿更冷。”

“你在哪儿长大的？”

“内布拉斯加州卡尼市。就在八十号公路上，林肯市和怀俄明州界中间。”

“在内布拉斯加长大是什么感觉？”

“我操男孩。”他说。

这要么是他脑子里蹦出的第一个念头，要么是他想逗我笑。

“你知道男同性恋询问彼此的第一个问题吧，知道吗？”他问。

我摇摇头，准备听笑话。

“既然病都已经得了，那么‘你做过检查了吗？’就放在第二位了，因而第一个问题仍然永远是‘你什么时候知道的？’”

“好吧，”我说，“第二个问题。”

“不，”他直视着我说，“不可能发生在我身上。”

“正经点，”我说，“这不是个正经的回答。”

他把手盖在我手上。“你以为我他妈的是怎么离开内布拉斯加州卡尼市的？”他说，“是的，我得到了橄榄球奖学金，但是我只能一路搭车去加利福尼亚——除了怀俄明，我哪个州都没去过——用一个洗衣袋装上我所有的东西搭顺风车。要是有个卡车司机把手放在我膝盖上，你以为我不知道那是为搭车要付出的小小代价？因为我总是好运随行。我一直都清楚这一点。就像运气塑造了你那双漂亮的手，好运一直跟着我，好运也跟着你。它跟我们不得不抓住的其他东西一样好。”

他把手从我手上抬起来，是的，它就在那儿：完美的手，光滑的皮肤，纤细的手指，指甲经过一次法式美甲被抛得弧度优美，富有光泽，熠熠生辉。有个指节上有块小小的污斑。我舔舔另一只手的中指，看能不能把它擦掉，那块睫毛膏斑肯定是我在洗手间里与那女孩十指相扣笨拙地相拥时，从她手上沾到我手上的。内德和我坐着说话的这会儿工夫，我一直在看那个女孩。她也在这个咖啡馆——我看着他们进来的，两姐妹和她们的男朋友——她的头发梳得很整齐，眼睛闪亮，妆容也很精致。虽然她的姐妹企图吸引大家的注意力，但两个男孩都抓住她说的每一个字不放。

赞拉

近来，我有理由想想托马斯·科贝尔——小托马斯，亲戚们总这么叫他。小托马斯糊弄了家里的长辈好一阵子，因为他小时候那么懂礼貌——简直到了谄媚的地步——还因为他的父亲老托马斯一直是个真正的大好人。我们是城里的人家，住在费城和华盛顿特区，小托马斯父亲的死加深了大家对于乡村生活的种种偏见。他实际上死于肺炎并发症，肺炎是在医院里传染的，在那儿他躺在床上做骨折牵引治疗，他之前从一辆干草车上摔下来，腿折了，脚踝碎了，骨盆裂了，得重新拼接。而传说的版本是他摔下来以后立刻丧了命，这总是被作为忠告，用来提醒家里爱好滑雪、航海甚至徒步旅行的小辈们要小心行事。为了方便讲故事，老托马斯的死常常和他侄子皮特很久以前的死亡联系起来，皮特是在布鲁克林大桥上下车去察看堵车的情况时被闪电击中的：砰！托马斯滑下干草车的时候，突然划过一道闪电，而搬到纽约城的皮特，遭到雷击一命呜呼，闪电照亮的短短一瞬间，好像有人用闪光灯拍了一张照片。我猜很多人家都是这样，把有些事放在一起讲有时是为了追求效果，有时则是为了掩盖真相。我三十岁时才把两桩死亡的时间顺序搞对。这只是我们家族里的人讲故事的方式，并不是为了欺瞒小托马斯。

小托马斯是个鬼鬼祟祟的孩子。他毫无理由地偷偷摸摸到处转，穿着袜子轻轻踏过房间，有时他母亲和他妹妹莉莉转了个弯就发现他像雕像一样站在那里。他母亲总是说小托马斯没有雷达，没有避开人和东西的本能。他穿着袜子走来走去让情况变得更糟糕，因为你要是受惊喊叫，他也会受惊，然后大哭起来，或是惊恐之下打翻桌上的东西。可是他在家里不愿穿鞋——他说，这样就跟他母亲扯平了，因为她让他穿靴子去上学，哪怕并没有下雨，只是潮湿——什么请求或惩罚都不能让他改变自己的行为。他年龄大一点儿的时候，有时会故意吓唬他妹妹，因为他喜欢看她吓一跳，但他后来声称，多数吓到他母亲的事不是成心的。

小托马斯的母亲叫埃塔·苏，比我母亲艾丽斯·道恩·罗斯大五岁，在她们姐妹俩中间有过一个男孩，死于风湿热。虽然埃塔·苏嫁了一个叫托马斯·科贝尔的人，但她声称小托马斯的名字不是随他，而是随死去的兄弟托马斯·怀亚特。小托马斯的中间名是纳撒尼尔。“她把这个名字放进去是因为她想算上每一个人,甚至那个送奶工。"老托马斯之前说起过。显然,送奶工是他们之间一个善意的玩笑:她真的是喜欢那个送奶工,他成了这家人的朋友。他会推开后门进来,取出所有奶瓶,接着把它们放进冰箱上层,再给自己倒杯茶,然后坐下来跟正好在厨房里的不管什么人聊天——比如老托马斯、来做客的我母亲、我。他就是送奶工纳特。有一次我不在的时候,小托马斯从扫帚橱里跳出来,吓到了送奶工纳特,纳特抓住他,把他倒了个个儿,抓住脚踝把他头朝下拎了好一会儿。这就是小托马斯为什么讨厌他的原因。

小托马斯穿着长袜四处溜达,不过他话很少,很少有人能逗他开口交谈。他寡言而苦闷——家人最终听之任之,不过他们拒绝承认他真的有问题。据说他苦恼是因为小时候就不得不戴眼镜,或者是因为他爸爸太讨人喜欢,让当儿子的很难仿效。后来,问题被归咎于小托马斯的哮喘病,结果家里那条黄褐色的草狗"南瓜小子"被送走了,因为他对狗过敏,小托马斯对此很内疚。这些事我从小到大听了一遍又一遍。这些原因像咒语一样,又像在诠释悲伤的不同阶段——一步一步,从抵触到接受。到他十几岁的时候,已经不是他自己苦恼,而是他开始主动积极地让别人苦恼了。邻家花园里的水龙头深夜被拧开，大片泥石流把花冲得一棵不剩；装满狗屎的棕色口袋在某个邻居的门廊上被点燃，谁要是开门想去踩灭火苗，狗屎就会漫到他的脚踝。情况愈发恶劣，后来小托马斯被送到一个特殊教育学校去了。

昨天我去我母亲在亚历山德里亚的新家看她。她对华盛顿城区的犯罪心怀恐惧，觉得应该搬家。她的护工和她一起来到了亚历山德里亚。她名叫赞拉，是个善良的女人，在美利坚大学的护理学院上学，每周两个晚上和暑期都有课。赞拉拿到护理专业学位以后，打算回到她的家乡伯利兹[1]，在当地医院工作。医院还在建造中。工程一度中断，因为建筑师被指控盗用公款，后来又遭飓风袭击，但是赞拉坚信医院会盖好，她也最终会从护院毕业，她不会永远跟我母亲在一起——不过这一点没有直说出来。我母亲有肺气肿和糖尿病，身边需要有人。赞拉做饭，洗衣，还做各种没人指望她做的事，白天总是忙个不停，晚上她用我母亲的录像机一遍又一遍地看詹姆斯·邦德的电影。我母亲跟她一起坐在电视房里，重读狄更斯的小说。她说詹姆斯·邦德的电影给故事提供了精彩的背景声音：我母亲在读匹克威克先生的

1　伯利兹（Belize），中美洲北部的一个国家，旧称英属洪都拉斯。

故事时，卡莉·西蒙在《爱我的间谍》里唱着《没人能做得更好》。

不管怎样，发生的事绝不是赞拉的错，但是她依然为内疚所折磨。我要讲述的这件事发生后好些天，赞拉依然非常不安。这件事是我去母亲家的时候听到的。

那个周一，我母亲去西布利医院做一整天的体检。下午，有人敲门，赞拉从猫眼往外看，看到是小托马斯。她这些年来见过他几次，当然就让他进屋了。他说他来还我母亲在他安顿下来的时候借给他的碗碟。他也打算告别，因为他要从马里兰州兰道佛跟人合住的公寓里搬出来，准备南下佛罗里达群岛去开酒吧。后来他把话题引到跟赞拉借钱的事：五十美元，他一到西屿开了银行户头，取到支票以后就把钱寄回来。她有三十多块，除了晚上去西布利医院坐公共汽车用的钱，她把所有的钱都给了他。他想要一张纸，给我母亲写封告别短信，赞拉给他找了一个记事本。他坐在厨房餐桌前写了起来。她根本没想到在旁边看着。她把碗碟拆包，放到洗碗机里，然后就到电视房里收拾去了。他写个不停。他在给我母亲写一封非常恶毒的信，告诉她，通过心理治疗他才渐渐明白，家族一直在延续有害的神话，根本没有人选择“诚实地”讲述他父亲的死，因为他父亲其实是死于肺炎，而不是从马车上摔下来。他告诉她，看着他父亲在医院里慢慢耗尽生命有多么可怕，他责怪她和埃塔·苏说起他父亲的死时总会扯到侄子皮特的最后时刻。“事实是，闪电比单纯的肺炎更让人震撼。”他写道。他还认为他们应该多跟他讲讲他父亲的成就。他没有提到妹妹莉莉，他跟她后来很疏远。他把信纸折好，压在盐罐下面，然后给自己调了一杯速溶可可，就走了，还顺走了喝可可的马克杯。

赞拉非常不安。她认为他可能是喝醉了，虽然没有闻到酒气。他在那儿的时候去了趟洗手间，于是赞拉到洗手间里去看看是否一切安好。一切安好，但她依然有种不安的感觉。直到那天晚上，她出门去医院接我母亲回家的时候才看到楼下走廊墙上黑色记号笔的涂鸦：火柴棍小人，螺丝开瓶器式的发型，像火星人的触角，旁边潦草地写着“操你妈的炸了这个烂地方”。她吓坏了，起初她想隐瞒小托马斯的来访——就装作这是个谜——但她知道这样不对，她必须将实情全盘托出。

我听到故事的时候，赞拉和我母亲都一致认为他可能是喝醉了——或者更糟，吸了毒——而且他是一个懦夫，假装要跟我母亲对峙，真正做的却只是写了封短信。他也没有勇气面对自己的母亲，告诉她他要搬走了，她还住二十街。

赞拉对那三十美元保持沉默，不过第二天早上她也说了。他送回来的碗碟中还有几个奇怪的镶金边的盘子，不是我母亲给的，她和赞拉都不知道该怎么处理。两个人都不大理智，害怕有人会来索要盘子。不过她们似乎明白，小托马斯走了，如果这辈子还能听到他的消息，也要到很久以后了。总体来说，赞拉还是怕他，她说他会像入室行窃的贼一样到处转悠。这让我母亲和我好一顿大笑，因为他从小到大都是这么鬼鬼祟祟的。我开玩笑说，还好他放过了我母亲卫生间的墙，但也够糟的了，她们还得打电话给管理处道歉，安排人来重新粉刷走廊。

赞拉看《金手指》的时候，母亲把我带到她的卧室，吐露了一个她从未说出的重大秘密。原来，她一直都害怕小托马斯会做出非常恶劣的事，因为他小时候就做过很坏的事。我母亲当时非常愤怒，但是从来没有责备过他，因为她为自己发怒而难为情，也因为她觉得小托马斯的魔鬼给他的折磨已经够多了。

她问我还记不记得那些人物剪影。我的确有些模糊的记忆，她提醒以后我才记起来，它们从前用一根缎带挂在埃塔·苏的起居室里。我记得后来它们是挂在我母亲卧室里的，在床上方的灯下面，系着同一根缎带。此外还有一幅莉莉婴儿时期的剪影和一幅“南瓜小子”的剪影，分别装了框。缎带上三个装框的人物剪影是老托马斯、埃塔·苏，还有一位，埃塔·苏告诉我母亲，是做剪影的那个男人。对于这个有些喜感的事实，埃塔·苏的解释是，那个刻剪影的人本来要把自画像扔掉的——他可能是像秘书练习打字那样练练手的——她从垃圾筒里又抢了回来。小托马斯在剪影画装框前就毁掉了自己的像，虽然埃塔·苏总想再做一幅，可小托马斯就是不愿意再安静地坐定一回。我母亲摇了摇头。她说她猜剪影师做自画像有点像阿尔弗雷德·希区柯克在自己的电影里露脸，不过这不算是个好比方，因为埃塔·苏挂起来的是画像，不是那个男人本人。

埃塔·苏在老托马斯死后，被迫搬出自己的房子，住进了二十街的公寓，她不得不扔掉很多东西。扔家具我母亲能够理解，可是抛弃那么多私人物品在她看来是个错误。系着缎带的剪影画框被扔进垃圾筒时，我母亲把它们捡了回来，说先替埃塔·苏收着，等她感觉好点了再说。埃塔·苏给了她一个最奇怪的眼神。我母亲觉得这眼神先是震惊，然后是哀伤。这么多年来，我母亲一直把这些剪影画挂在她的卧室里。埃塔·苏从不提起，虽然她后来的确把老托马斯剃须用的马克杯要了回来，还有一个相框，照片是她和丈夫第一个结婚纪念日在一家中餐馆拍的。

但是我母亲说的故事的关键在这里：老托马斯死后几个月的一个周末，她在照顾小托马斯和莉莉，小托马斯去浴室了，我们其他人都在后院，他把那些人物剪影画从画框里拿出来，把鼻子剪掉。然后又把剪影插回画框，重新挂好。过了好几天，我母亲才注意到——每个人的鼻子都被剪掉了，外加“南瓜小子”，耳朵没了。

她当即就匆匆赶到小托马斯的学校，等他放学出来。他平时都走路回家，不过那天在跟我母亲当面对峙以前他哪儿都没去。据她自己所说，她狠狠地捏他的鼻尖，问他要是自己没有了鼻子会怎么想。然后她拽他的耳朵，问他是不是想要余生都听不到声音。她蹲下来，让他直视自己的眼睛，告诉她为什么那么做。她说，真是奇怪，都没人注意到她在那儿吵嚷，过来瞧瞧。她把他拽来拽去，摇他的肩膀，小托马斯大口喘着气，却一直都没哭。

他跟她说，他那么做是因为画框里的脸是小小的黑幽灵，在那里纠缠人们。他给它们毁容是因为它们是拥有特殊力量的幽灵怪物，能藏匿在人的身体里。如果他除掉这些黑幽灵，把它们剪掉一点，它们就会变成白幽灵，就没有特殊力量了。

我母亲恐惧不已，人都站不稳了。他给出了一个相当具体、极其令人不安的答案，她不知道该怎么回应，因为他如果真的相信那些，他就疯了，那会成为家族里发生的第一起真正的精神失常。她百分之九十肯定他说的是真话，但她也觉得他还是有可能在捉弄她。她在那儿待了好一会儿，两腿发软，紧盯着他的脸，寻找更多的信息。

“你以为我会在乎我没有鼻子？”他说，“我才不在乎没有鼻子，或嘴，或眼睛。我情愿精子从来没进入卵子。我不会在乎没有我这个人，你也不会。”

我母亲记得她对于他有性知识惊异不已——他知道“精子”和“卵子”这样的词。她不记得接下去跟他说了什么，但一定是关于她理解他因为父亲去世、消失了而烦恼，但他千万不能误以为父亲不爱他。

小托马斯挣脱了她。“你这个愚蠢的傻瓜。”他说。她清楚地记得那句话：“你这个愚蠢的傻瓜。”

我母亲现在突然提醒我说，小托马斯的父亲死后，有人追求过埃塔·苏一阵子，后来却不了了之了。她说，现在回想起来，她觉得很可能是（“好吧，不许笑。”）送奶工。因为，想一想，还会因为什么——除非是不好意思——埃塔·苏拒绝让家族里的任何人知道她在跟谁约会？还有，送奶工纳特是个业余画家，说不定也会刻剪影。

“这些都别跟赞拉说。”我母亲说。这句话她最近这些年说得越来越频繁，都是事后补充的——或者可能是她故事的结束语，不一定是补充说明。

我吻了她的脸颊，捏了捏她的手，用闲着的那只手关上了她的床头灯。傍晚时分，天已经黑了。现在是秋天，是老托马斯从堆得高高的干草堆上滑下来的季节——和他侄子皮特被雷击的情形比起来，简直像是慢镜头。

那是过去的事了。我想象着未来：涂鸦小人已经从楼下的走廊里消失了，被油漆滚刷刷白。然后我想到伯利兹的医院，无论怎样，那把油漆滚刷都能像彗星一样游走，将新医院走廊里终于大费周折安上的石膏板刷白。赞拉会站在那里，浆洗过的白色护士服衬着她黑色的皮肤。转眼之间，我母亲也会死去，相当出人意料地——从她铺着白色被单的床上没入黑暗，而赞拉会在一个忙碌的日子停顿片刻，记起我们——一个体面的美国家庭。

世上的女人

晚餐会很美味。黛尔用食品料理机把韭葱和婆罗门参打成泥，准备加在南瓜里——一勺子的味美思酒也会增添一点风味。当嫩粉色的晚霞抹上田野上灰蓝色的天空时，她把一张唱片丢进唱片机，淡淡地听着卢·里德[1]淡淡地唱："我只是给这世上女人的一件礼物。"

这会儿她丈夫纳尔逊应该在从洛根回来的路上了，带着他的继父杰罗姆，还有杰罗姆的女朋友布伦达——他们在一番是坐飞机火车还是开车的争执盘算之后——从纽约坐大巴来赴一年一度（是不是连续三年就可以称为一年一度？）的感恩节前晚餐。他们本可以在感恩节当天过来，不过杰罗姆的前妻迪迪（纳尔逊的母亲）那天要来，他们俩的感情并没有消逝。反正布伦达不喜欢大型聚会。布伦达比杰罗姆年轻得多。她过去总是半个下午都在午睡——杰罗

1　卢·里德（Lou Reed），原"地下丝绒"乐队（Velvet Underground）的主唱兼吉他手，后被尊为地下音乐教父。他的歌多为反映社会现实、内心自省的作品。

姆说，因为她害羞——但是近来她的职业变得光鲜刺激，她辞去了中学体育教师的工作，开始做私人教练。她一下子变得善于沟通，精力充沛，光彩照人——如果这不算是形容恋爱中的女人的陈词滥调的话。

黛尔开动食品料理机，原料渐渐液化，她松了口气。不是说食品料理机时常运转不力——只要她把刀片正确地装在底部——她只是害怕它不运转。她总是想象这种情景，她得用勺子挖出所有东西，再倒进那台古老的瓦氏高速捣碎器，那台捣碎器是他们在缅因州租的这所房子里的，有时会出问题。捣碎器现在如此便宜，她奇怪自己怎么不直接买台新的。

纳尔逊永远感激杰罗姆，为他在自己五岁时出现，一直待到他十六岁。杰罗姆向纳尔逊保证，他不必去格罗顿中学[1]上学，还教给他每一种为人所知的体育运动——至少是所有常见的体育运动。不过，纳尔逊本来会想学，比如射箭吗？

纳尔逊什么都想学，虽然他并不想从事一切。他乐得辞掉教职，只想做一点点事。不过他喜欢了解各种事情，这样

1　格罗顿中学（Groton School），1884年成立于马萨诸塞州，是一所历史悠久、传统深厚的寄宿高中。

就有了谈资。黛尔给他起了一个恶毒的外号，叫“没有第一手知识的纳尔逊”。这种情形有时变得乏味：人们记下纳尔逊从中获得深奥知识的书名；人们在聚会结束后打来电话，说他们在孩子的《大英百科全书》里找到了纳尔逊的某些奇特断言，然后发现他基本正确，但不是完全正确。他们常常在电话留言机上吹毛求疵，提出反对意见：“我是迪克。听我说，关于墨丘利[1]你说得不完全对。因为赫耳墨斯在希腊语里的意思是‘调解人’，所以由他带领死者的灵魂去冥府是有些逻辑性的。”“纳尔逊吗？我是波琳。听我说，拉什迪是给格伦·巴克斯特那本书写了序言。我下次可以把书拿来给你看。他真的一直都在作序。好，为这个美妙的夜晚谢谢你俩。我的姐妹很感谢黛尔给她抄了那份菜谱——不过我告诉她，没人能把蝴蝶骨羊排做得像黛尔做的这么好吃。那就这样吧，好，再见。再次感谢。”

如果飞机正点降落，杰罗姆和布伦达还有二三十分钟就到了，不过要是你对洛根这地方有所了解，就永远不会这样假设。不过，黛尔还是可以飞快地冲个澡，只要不泡澡。她也许还应该换上一条裙子，即使外面套上开司米毛衣，在

1　墨丘利（Mercury），罗马神话中众神的信使，司商业、手工技艺、智巧、辩才、旅行以及欺诈和盗窃，相当于希腊神话中的赫耳墨斯（Hermes）。

有客人时穿运动衫裤也显得有点健忘，也许应该在毛衣里戴个胸罩。穿灯芯绒裤子，换掉超级舒服的运动装。还有鞋……必须穿双什么鞋。

纳尔逊用手机打来电话。“还需要买什么吗？”他问。她能听到收音机里泰莉·格洛斯[1]柔和有致而理性的嗓音。只有纳尔逊和泰莉，还有她的嘉宾在车里说话：乘客们很安静，怕万一黛尔忘了什么重要的原料要跟纳尔逊讲。对，粉红胡椒粒。在北街九十五号找找看。当然了，那并不是真的胡椒粒，叫胡椒粒只是因为看起来像黑胡椒粒。或者：紫色牛至叶粉，和绿色牛至叶粉完全是两种味道。

“什么也不用。”她说。她换上了黑色的灯芯绒裤，白衬衣。她会时刻注意白衬衣是否干净，这样就有办法跟众人保持一些距离。她也很害羞，尽管她穿了太妹款的黑靴。

“布伦达想看看那家婚礼蛋糕之屋。我想开车过去绕一下，会打乱你的时间安排吗？”

“我什么饭也没做。”黛尔说。

那边一片沉默。她这样不好，要他手忙脚乱地想其他

1 泰莉·格洛斯（Terry Gross，1951— ），全美公共广播电台（NPR）的当家主持，她主持的知名访谈节目为《新鲜空气》（“Fresh Air”），邀请各界嘉宾来做访谈。

出路。

“开玩笑的。”她说。

他们刚搬到这里不久她就去逛了婚礼蛋糕之屋。在肯纳邦克波特，一栋黄白相间的建筑，哥特式的尖塔像挺立的阴茎，传说是一个船长为他的新娘所建，在他出海时提醒她记得新婚之夜。

“我们四点左右回来。”

另外一个人在跟泰莉·格洛斯谈话，声音低沉亲切。

“一会儿见。”纳尔逊说。“宝贝？”他说。

“再见。”黛尔说。她从电话旁的酒架上取下两瓶红酒。酒架离暖气片有点太近，所以最上面四层没放酒。夏天的时候不是问题，冬天就有些小小的不便。她记得布伦达喜欢她上次倒的一瓶白苏维翁[1]干白，因而这次又买了一瓶给她。杰罗姆，当然，因为他在巴黎待过，会想喝圣爱美侬[2]。纳尔逊近来爱抿一点尊美醇[3]。不过她还是冰镇了几瓶白葡萄酒，因

---

1 白苏维翁（Fumé Blanc），后文提到的罗伯特·蒙戴维创造的酒名，用以代指以白苏维翁葡萄酿制的干白葡萄酒。

2 圣爱美侬（Saint-Emilion），法国著名葡萄酒产区，拥有超过1200个酒庄，其中有著名的白马酒庄（Château Chevel Blanc）和奥松酒庄（Château Ausone）。

3 尊美醇（Jameson），闻名世界的爱尔兰威士忌品牌。

为他的心思很难揣测。最上层的架子上有一瓶“作品一号”[1]，是她以前教摄影课时一个心存感激的学生送的。两天之后，她打算请诊断出她有低血糖和美尼尔综合征的医生喝这瓶酒，讽刺的是，她得这些病就不能再喝酒了。要是还喝，头晕的风险就会加大，这令人恐惧的头晕已经困扰她多年，也一直被误诊。头晕发作以后，她总是浑身出汗颤抖，虚弱得第二天不得不卧床休息。“就像嗑了迷幻药，被一阵浪潮卷走了。”当时她对那位耳鼻喉科医生说。那个女人惊讶地看了她一眼，好像是在摘草莓的时候突然看到一个西瓜。“很生动的描述，”医生说，“我丈夫是个作家。他有时也会用同样的方式让我突然傻眼。”

“他是布赖恩·迈克坎伯利吗？”黛尔问。

“是的。”医生说。她又一次露出惊讶的神情。

是纳尔逊猜出安娜·迈克坎伯利可能是布赖恩·迈克坎伯利的妻子。黛尔自己只读过迈克坎伯利的几页书，但是纳尔逊——她也是这么跟医生说的——给她读了很多。

“我会转达你们的赞美的，”医生说，“现在回到真实世界吧。”

1　作品一号（Opus One），由后文提及的罗伯特·蒙戴维和菲利普·罗思柴尔德男爵合资创立的酒庄，同名的葡萄酒从此作为美国第一种超高级葡萄酒而声名远扬。

用这样的方式来宣布转移话题真奇怪，黛尔心想，虽然有些时候，对她而言，她的症状才是真实的世界，将其他想法都排挤在外。有什么比望远镜中的视野更真实呢？景物模糊，充满你的视野，于是没有景深，让人无法忍受。医生跟她说了饮食需要哪些变化。处方上的利尿剂。说了那么多，又说得太快，黛尔不得不在那天下午晚些时候给护士打电话，确认其中几个问题。医生无意间听到了电话。“带你先生一起到我家喝一杯，他们聊天的时候我再给你过一遍，”医生说，“‘喝一杯’对你而言意味着苏打水。”

“谢谢。”黛尔说。从没有医生提出过下班以后跟她见面。

她打开那瓶白苏维翁干白，但是没开圣爱美侬。谁知道呢？也许杰罗姆决定直接喝法国勃艮第白葡萄酒。以前不觉得小题大做和矫揉造作的事，现在有那么一点了：人们饮酒的偏好。她还是愿意迁就那些素食者的忌口，绝不会给每个人都上小牛肉，除非她确定不会引发激烈的长篇演讲。她的朋友安迪喜欢“无泡蒸馏水”，她的摄影课学生南斯则喜欢巴黎水[1]。黛尔的脑子里满是人们的这些偏好和怪癖，他们神秘的信仰和食物禁忌，这是他们在餐桌旁展示自己独立性和依赖性的方式。那些小小的考验：会碰巧是海盐吗？有什

1 巴黎水（Perrier），一种天然有气矿泉水。

么办法让胡椒研磨器磨出稍粗一些的颗粒？需要印度酸辣酱。这样东西真的超过了她的极限。桌上有石墙牌厨房烤洋葱大蒜酱。那次她派纳尔逊去买酸辣酱了，因为保罗更算是他的朋友，而不是她的。

她走到楼下洗手间，梳头，扎成马尾。她脱下白衬衫，又换上开司米套头衫，拽了一下，弄弄服帖，她知道不该拽。她看看自己的靴子，希望现在还是夏天，赤脚会更舒服，但这不是夏天，脚会冻坏的。她记得茱莉亚·罗伯茨跟莱尔·拉维特结婚的时候赤着脚。茱莉亚·罗伯茨和莱尔·拉维特：不如迈克尔·杰克逊和丽萨·玛丽·普雷思利那么奇怪。

布伦达先进屋，甩着她那头过早变白的浓密长发。她为婚礼蛋糕之屋激动不已。*奇妙，美丽，又有点诡异*——有点阴森，一个住在她婚礼蛋糕里的女人就像那个住在鞋子里的老太婆[1]，然后布伦达开始道歉：她坚持要他们走一条史上最长的土路，去买一篮苹果。纳尔逊把篮子放在厨台上——黛尔很快就需要占用上面每一英寸的空间为晚餐做最后的准备。她不能再吃苹果或任何过甜的东西。她厌烦了跟人解

1　来源于一首著名的英语儿歌，最流行的版本是这样的："有个老太婆住在一只鞋子里；她的孩子太多，她束手无策；她给了他们些罗宋汤却没配面包；然后狠狠地抽了他们一顿把他们弄上了床。"

释她什么不能吃，以及为什么。事实上，她开始说她有糖尿病，因为大家似乎都明白那意味着不能吃糖。苹果也有可能是布伦达和杰罗姆买了带回纽约的。于是她说“好”，没说“谢谢”。

房子真正的主人显然热爱烹饪。厨房布局合理，只可惜洗碗机在水槽左边。黛尔已经能熟练地用左手把碗碟放进洗碗机了，她觉得既是糖尿病又是左撇子或许很滑稽。等她离开这房子的时候，她也许会变成一个完全不同的人。

“见到你真好。你收到我的便条了吗？没有太麻烦吧，嗯？”杰罗姆说着捏了捏黛尔，然后松开手。

布伦达还在紧张。“我们没给你添乱吧，没有吧？”她问。

“完全没有。”黛尔说。

“我本不该问的，可是我在飞机里关了半天，然后又坐车。还有时间散步吗？只是快速地散个小步？”

“当然可以。”黛尔说。她刚把烤肉放进烤箱。时间充裕。

“你介意纳尔逊和我看一下线路问题吗？自然光下我看得更清楚。”杰罗姆说。

“噢，他又开始嚷嚷他如何看不见，听不见了！”布伦达说。她加了一句，好像他们不知道似的：“他六十四了。”

“什么线路问题？”黛尔问。她想赤脚。她想做茱莉亚·罗伯茨，有大大的、令人目眩的微笑。可是她却感觉到眉宇之间的皮肤绷紧了。**线路问题**？布伦达说话的方式感染了她；有她在场，她开始用斜体字[1]思考。

“我想把楼上过道里的音箱装好。我能搞定其中的一个，但另一个弄不好。也许是个坏音箱。”纳尔逊说。

纳尔逊花了很多预支的稿费买新音响。他跟黛尔的君子协定是：来客人就不放音乐。到现在为止，这一天放过的音乐有蓝草音乐[2]、迪伦的第一张电声专辑、日本仪式音乐、一个小时左右的《艺术家的生涯》[3]，还有阿斯托尔·皮亚佐拉[4]。黛尔听了天气预报，还有卢·里德唱片里的一首歌，她把它想象成杰罗姆的主题曲。她喜欢杰罗姆，可是他真的认为他是上帝送给女人的礼物。

“你跟我一起去散步吧，好吗？”布伦达说。如果她不是布伦达，她脚上的鞋是不适合散步的：棕色尖头靴，三英寸高的鞋跟——今年的时尚装扮，黛尔的鞋就显得很平常。布伦达把自己紧紧地裹在一条黑色的皮短裙里，穿着图案过多的打底裤。她上身穿了一件毛衣，高领拉得长长的，黛尔觉得

1　斜体字是英文写作中用来强调的字体，中文中则多用黑体。

2　美国乡村音乐的一个分支，多以弦乐器配乐。

3　《艺术家的生涯》（*La Boheme*），普契尼歌剧。

4　阿斯托尔·皮亚佐拉（Astor Piazzolla），阿根廷作曲家、班里纽手风琴独奏家。

一定是杰罗姆的衣服。他二十多年来一直保留着这些法国手织毛衣。

“就沿着路走吗？”黛尔问，指指那条经过车库后面塌掉的温室的土路。她喜欢那条路。晚上这个时候通常能看到鹿。还有，路面下行的坡度让人觉得可以径直走进天空。天空现在是一片哈德逊河画派[1]式的光彩。黛尔的朋友珍妮特·勒博乌是那条路尽头唯一的常年住客。那些讨厌的避暑客带着他们的杜宾犬和闪亮的四轮驱动汽车离开以后，珍妮特不仅愿意让黛尔在“私宅莫入／危险／禁止进入／不得靠近”的路上散步，还常常把她的狗蒂龙（他害怕那些避暑的狗）带出来，让他跟黛尔一起锻炼。珍妮特离婚了，从五十岁变成了二十五岁，痴迷于通俗小报、晚场电影、星座占卜，还有“好玩的”临时文身图案，比如跃向彩虹的独角兽。她不是个愚蠢的女人，只是很孩子气，有点过于活泼了，她前夫的言语虐待给她造成了很大的心理创伤。珍妮特提到她前夫的名字时会发抖，她极少谈论她的婚姻。蒂龙很聪明，是一只金毛犬和黑色拉布拉多犬的杂交犬。他不是在约克河的支流里游泳，就是在田野里扭来扭去，想抖掉身上的虱子。狗

1 哈德逊河画派（Hudson River School），19 世纪中期美国的风景画派，其审美角度受浪漫主义影响。画派得名于作品中经常描绘的哈德逊河谷及周边地区。

和厨房，黛尔确信这是他们搬走以后她会最想念的两样东西。他们会住到明年夏天，到那时，那个哲学教授和他妻子就从慕尼黑回来了；到那时，纳尔逊的书也该写完了。黛尔知道她不太会喜欢最后那个阶段。纳尔逊也写过别的书，因为任务繁重，每次他都不可避免地变得阴郁古怪，音乐的选择也会变得非常不拘一格。

黛尔伸手从胡热尔柜[1]的面粉柜里拿出她私藏的甜甜圈，是在周六的朴茨茅斯农夫市集上买的。她不吃甜甜圈，这是专为蒂龙准备的，他觉得黛尔发明了可想象到的最好的接球游戏。他会奔向甜甜圈，在田间四处嗅，再把甜甜圈抛向空中，让黛尔看见他已找到了，然后一口吞下去。她也习惯了为他鼓掌。最近，她除了鼓掌，还加上一句"好样的，蒂龙"。

"是**香烟**吗？"布伦达低声问黛尔，虽然这会儿纳尔逊和杰罗姆已经走上楼去了。

"是甜甜圈，"黛尔低声回答，"你会明白的。"她把剩下的那些甜甜圈连同塑料袋，一把塞进她大衣的深口袋里。

"我在我的内衣抽屉里藏着 M&M 花生豆巧克力，"布

1　胡热尔柜（Hoosier cabinet），是 20 世纪头十年中流行的碗柜式样，名字来源于位于印第安纳州的胡热尔制造公司。

伦达说，“而杰罗姆——你看，他以为我不知道他还在喝潘诺茴香酒。”

“是给一只狗的。”黛尔说。

“潘诺茴香酒吗？”布伦达问。

“不，甜甜圈。”

“什么意思？”

“走吧，”黛尔说，“你会明白的。”

晚餐桌上——黛尔能感觉到布伦达对她的尊重，无论是作为厨师还是一个怪女人（她把三个甜甜圈同时抛到空中，就像七月四日焰火表演的压轴时刻）——他们讨论着黛尔放在餐桌中央秋叶上的黄铜日晷。纳尔逊告诉大伙儿，那个伸出来的部分叫作指时针。

“指时针是一座孤岛[1]。”杰罗姆说。杰罗姆很喜欢文字游戏和方言模仿。这阵子加勒比海各岛方言成了他的最爱。他和布伦达最近去了蒙特哥湾[2]度假。

1 “指时针”原词为“gnomon”，音同“No mon”，在带牙买加口音的英语中，“man”的发音同“mon”。这里杰罗姆联想到“No man is an island”（英国玄学派诗人约翰·多恩的名句“没有人是一座孤岛”），玩了个文字游戏。

2 蒙特哥湾（Montego Bay），位于牙买加，是一处旅游胜地。

“这是投影，”纳尔逊指着日晷说，不去理会杰罗姆傻乎乎的笑话，“这是表盘，这是小时线，这是刻度盘，或称为刻度表。”

“你真是天生的老师。”布伦达说。

“我已经摆脱那习惯了。”纳尔逊说。当学校里理论家的数量超过了他称为“心智正常的艺术史学家”的时候，他辞职了。他担心前同事们会鄙视他关于罗马古币的作品，因而总喜欢强调自己不是钱币学家。黛尔跟他一起离开了学校，只剩下两个忠心的学生，每周开几个小时的车来跟她一起在暗房里工作。

“不管上不上格罗顿，纳尔逊都对知识有那么强烈的兴趣，所以我们对他毫不担心。我跟她软磨硬泡，终于说服了她，我那么做是对的。”杰罗姆说。杰罗姆把纳尔逊从格罗顿中学的魔爪中解救出来——他俩都这么想，但凡说到这个，杰罗姆绝不会不愿意再次接受感谢。

“我为此感谢你。”纳尔逊说。

“还有，要是你出生的时候我就在，我会阻止她给你起一个船长的名字。”杰罗姆说。

“噢，纳尔逊这名字挺可爱的。”布伦达说。

“当然，要是你出生的时候我在，人们就该怀疑出了什么怪事了。”杰罗姆说。

“我以为你是纳尔逊五六岁的时候在巴黎遇见迪迪的。”布伦达说。

“他四岁。我们结婚的时候他五岁。”

迪迪那时去巴黎学习绘画。事实上，她是去跟她的神智学老师谈恋爱的。那段感情的收场不太妙，不过迪迪在“双偶”咖啡馆遇到了杰罗姆。可不是蜗牛般的磨蹭，据她自己说，她是以蛇的速度进攻的。

“我不懂你刚才说‘如果我在’是什么意思。”布伦达说。

“我只是说如果，如果事情不是那样。和本来的情况不一样。如果。”

“但是我想你是在暗示迪迪生孩子的时候你就认识她，是吗？”布伦达说。

“布伦达，所有这些发生的时候你还是个孩子。你没必要吃醋。”杰罗姆说。

“我知道我应该住嘴，杰罗姆，可是你提到你可能在，这听起来有点奇怪，”布伦达说，“是我又望文生义了吗？”

“是的。”纳尔逊说。

“哦，不，我是说，有时我觉得话中有话，而我是新来的，我不是很明白。”

“我跟你生活了六年了，布伦达。”杰罗姆说。他的语气斩钉截铁，好像布伦达如果想再跟他生活六秒钟，就最好结束这话题。

布伦达什么也没说。黛尔用手势把大家的注意力引到了日晷旁边的汤锅上。桌上还有一个盛着新剪香葱的银碗和一个中式小碟，里面上了珐琅釉，是黛尔在一个打折货摊上花两毛五买的。这地方的人，对于没有充气的皮球大的东西，都不当好东西卖。那个中式小碟是件古董，碟子里的无糖生奶油堆得像一座小金字塔。

“真好喝，汤好喝极了，”杰罗姆说，“那你准备什么时候让我资助你开个餐馆？”

他想让黛尔在纽约开家餐馆有很多年了。杰罗姆家财万贯，是他在父母去世后继承的，父母还留给他半个罗德岛州的土地。他是一个兼职股票经纪人，所以能明智地投资。黛尔后来在波士顿纽伯里街一家画廊展出了她的摄影作品，在那以前，想要让杰罗姆打消什么念头更难。

“摄影最近怎样？”他又问。她没有回答，布伦达还在喝汤，没有抬头。

“我现在在拍一些有意思的东西，”黛尔说，“路那头的那个女人……”她指着黑漆漆的窗外。从桥到朴茨茅斯之间只有一星微光闪烁，遥遥可见。“有个女人常年住在那儿——用一个火炉烧柴取暖——我拍了些照片……嗯，谈论自己拍的东西听起来总是很傻。就像解释一本书。”她说，希望能引发纳尔逊的同情。

“就说个大意吧。”杰罗姆说。

“好，她给人做占星图，做得真的非常美。她的手美极了，像乔治亚·欧基芙[1]。我拍了她在羊皮纸上画记号时的手。手很能反映一个人，因为你没法改变你的手。”

她说得越多，越觉得自己傻。

“你让她给你做占星图了吗？”杰罗姆问，他的声音有些生硬，透出一丝不赞许。

“没有。”黛尔说。

“我让人做过一次，”布伦达说，“我放在不知什么地方了。显然非常少见，因为我所有的月亮都在一个宫。”

杰罗姆看着她。“迪迪相信占星术，”他说，“她认为我们不合适，因为她是天秤，我是天蝎。这显然给了她去跟一个警察偷情的借口。”

“我不是迪迪。”布伦达冷淡地说。很明显，她决定不让

1　乔治亚·欧基芙（Georgia O'Keeffe，1887—1986），美国现代派女画家，以描绘大自然，以及大朵花卉和兽骨等的半抽象画闻名，多取材自新墨西哥州沙漠。

杰罗姆压她一头。黛尔为此替她感到骄傲。

“你来切烤肉好吗？”黛尔对纳尔逊说，“我把蔬菜从烤箱里拿出来。”

她对于把布伦达和杰罗姆单独留在餐桌旁稍觉不妥，但是纳尔逊切肉确实比她切得好。她站起来收拾汤碗。

“那个戴耳套的女人还来上你的课吗？”黛尔拿起布伦达的碗时说。她说得很不经意，好像之前的谈话一直都很顺畅。要是布伦达愿意，这会给她一个借口起身离开，跟她去厨房。可是布伦达没有。她说：“是的。我开始有一点喜欢她了，但是她担心体温会通过耳朵散失——实在让人想不通。”

“所有的人都在锻炼，”杰罗姆说，“要请布伦达做教练的人多得她都应付不过来。体育馆现在周四晚上开到十点。你们俩锻炼吗？”

“楼下卧室里有一辆健身单车。有时我边看 CNN 边骑单车。”纳尔逊说。

杰罗姆又微微点头。“你呢？”他问黛尔，“还做五十个仰卧起坐吗？我得说，你看起来棒极了。”

“她不能做，”纳尔逊替她回答，“美尼尔综合征。那种重复性的活动会让她的内耳出问题。”

“哦，我忘了，”布伦达说，“你感觉如何，黛尔？”

“还好。”她说。情况有所好转，问题永远不会消失，除非它自行消失。之前情况非常糟，因为低血糖使问题更复杂，现在已经基本控制住了，但她不想谈论这些。

“提醒我你什么不能吃，”杰罗姆说，“倒不是说我们会吓得不敢叫你来吃晚餐。最好在纽约找一家饭店回请你们。”

“你们不用回请，”黛尔说，“我喜欢做饭。”

“我不会被吓到的。”布伦达说。

“你不会的，”杰罗姆说，“我接受指正。”

“也许会是个问题，假如你太擅长什么事，别人甚至不敢为你做这件事，”布伦达说，“我有个同事，那女孩儿按摩的手艺世界第一，没人会给她按摩，因为她最棒。有一天，我只是捏了捏她的肩膀，她几乎晕倒了。”

“你也做起按摩来了？”杰罗姆说。

“你说‘也’是什么意思？”布伦达说，“这跟你不喜欢我周四工作到很晚有关是不是？我也该提醒你，你的主顾打电话来，不管什么时间，你在电话里讲上一个小时都不算什么。”

“不要吵架！”纳尔逊说。

“我们没吵架。”杰罗姆说。

“好吧，你刚才一直在向我挑衅。”布伦达说。

“那我是无意的，我道歉。”杰罗姆说。

“哦，宝贝儿。”布伦达说着起身把餐巾放在桌上。她绕过桌子去拥抱杰罗姆。

“她又喜欢我了。”杰罗姆说。

“我们都喜欢你，”纳尔逊说，“我个人认为你拯救了我的人生。”

“太夸张了，”杰罗姆说，“我只不过不是传统意义上那种冷漠的继父。我能帮忙抚养你，这对我来说真的是额外的奖赏。”

“你要是再多教我一点电力知识就更好了。”纳尔逊说。

“已经用绳针系紧了，在我找到锡焊枪把它焊起来前不会掉下来，”杰罗姆说，“不过说正经的，黛尔——他们对你这毛病的预后怎么说？”

烤蔬菜倾泻到碗中。黛尔把那个百丽耐热玻璃碗小心翼翼地放进水槽，又拉开抽屉，找分菜的勺子。“我没事。”她说。

“有点麻烦，”纳尔逊说，“她早上只吃核桃仁和奶酪棒。你觉得她气色好？可要是她再减掉十五磅还会好吗？”

“奶酪热量很高。”黛尔说。除非大家的焦虑有所缓解，否则不谈论这事是不可能了。她压低了声音。“算了，纳尔逊，”她说，“说这些没意思。”

“奶酪？奶酪怎么了？”杰罗姆说。

“宝贝儿，你这是在**盘问**她。”布伦达说。

“对了——这是新鲜的苹果酱，这是蔬菜——杰罗姆，我把它们放在你面前了——纳尔逊来分烤肉。”黛尔说着回到座位上。椅子是丹麦现代风格的，椅垫带几何线条图案。显然，教授和他妻子也去丹麦休过学术长假。

“哦，你已经有苹果了。我就知道你会有。”布伦达说。

“她都不碰苹果酱，那简直是纯糖。”纳尔逊说。

“纳尔逊，”黛尔说，“请别再说了。”她问：“有谁要水吗？”

“要是你不介意，我想来点马贡-吕尼魅惑干白[1]，纳尔逊告诉我你囤了一点。”杰罗姆说。

“当然没问题。”黛尔说着站了起来。纳尔逊端着大盘子绕过她身边。

“她给她的医生准备了一种叫‘作品一号’的酒，她要来吃晚餐——什么时候来着，星期四？”纳尔逊说，“我们本来应该过去喝一杯的，但是黛尔一定要请人吃晚餐以示感谢。”

1　马贡-吕尼魅惑干白（Macon-Lugny Les Charmes），法国勃艮第产区最重要的酒庄——吕尼酒窖出产的一款干白。

“哪一年的？”杰罗姆问。

“是一件礼物，”黛尔说，“一个跟进口酒商结了婚的学生送的，我猜这酒挺好。”

纳尔逊端着盘子让布伦达自己夹菜。

“贮存的方法对吗？”杰罗姆问，“那是很棒的酒。我们只能希望没发生什么状况。”

黛尔看着他。表面上他对她的健康挺关心，但事实上他对酒的兴趣却要大得多。她想，首先，杰罗姆表现得如此殷勤关切，实际上是在指明她的脆弱。可怜的黛尔，任何时候都有可能倒地不起。这符合他对女人的定义。

纳尔逊走到杰罗姆身边，握着酒瓶说：“一九八五的。”

“你知道吗，这的确是一种非常优雅的酒。让我看看。”杰罗姆说。他把酒瓶搂在胸前，低头看着酒，微笑着。“作为曾经拯救过你丈夫人生的人，我可以问问你对我开这瓶酒来配晚餐有什么意见吗？”他说。

“杰罗姆！”布伦达说，“把它还给纳尔逊。”

纳尔逊看着黛尔，神情半是迷惑，半是乞求。只是一瓶葡萄酒而已。她没有理由认为医生或她丈夫是品酒的行家。还有一瓶圣爱美侬，但要是现在提会显得小气。“没问题。”黛尔说。她把椅子往后推，起身从橱柜里拿出他们自己的高脚杯，还有一个大碗，是和她的羽绒被与大量烹饪书一起带来的。

黛尔给每个人摆好杯子。杰罗姆微笑着说："我们只能希望。"

布伦达看着黛尔，但是黛尔没有跟她对视。她决心让所有人看到自己并不在意。杰罗姆通常都是很有礼貌的。

"告诉我。"他边说边把酒瓶夹在两腿之间，转动着开瓶器，"你不会拒绝一小杯酒吧，黛尔？"

"我不能喝酒。"她说。

"那杯子是干吗的？"他说。

"巴黎水。"她说，吐字非常清晰。

杰罗姆专注地看着酒瓶，慢慢拔出了木塞。他缓缓地拿起瓶子来闻了闻。然后他把白色的亚麻餐巾裹在手指上，在瓶顶转动手指，伸进了瓶子里面。那一刻她才意识到，他这么做是出于愤怒。她拿起叉子，戳了一块茄子。

"你不讲话了，黛尔，"他说，"没事吧？"

"没事。"她说，试图显得有些惊讶。

"只是觉得你话很少。"他追着不放。

布伦达似乎要开口，却什么也没说。黛尔耸了耸肩。"希望蔬菜的调料够味，"她说，"我烤的时候没加盐。有谁要加点盐吗？”

当然了，既然他们的注意力都在黛尔身上，她此时不管说什么都显得虚伪肤浅。

“感谢你为我准备了马贡-吕尼干白。”杰罗姆继续说，“大多数时候，白葡萄酒配烤猪肉很好。但是一瓶一九八五年的‘作品一号’——那简直是棒极了。”杰罗姆闻着酒瓶。他吸得那么用力，不如说是在吸鼻烟。然后他把酒瓶放在桌上，挨着日晷。“让它呼吸一会儿。”他说。他把椅子斜过来，装作跟黛尔很亲密的样子。

黛尔用手指捡起一块胡萝卜，咬了一口。她什么也没说。

“我听说，上个月你请迪迪跟你的一些朋友吃饭了。”杰罗姆说。

他和迪迪彼此都不讲话，那是谁告诉他的？显然是纳尔逊了。可纳尔逊为什么要告诉他？

“对。”黛尔说。

杰罗姆咬了一口肉、一口蔬菜。他去拿苹果酱，用勺子盛了一些到盘子里。他对食物没做任何评价。

“我知道你给她拍了一张肖像。”他说。

布伦达慢慢地嚼着食物。她明白，黛尔也明白，杰罗姆在酝酿着什么。事实上，黛尔自己并不太喜欢迪迪——有一部分原因是她们的共同点很少。此外，迪迪刻意放低姿态，显得黛尔见多识广，而她自己——一个周游世界的人——只不过是个可怜的老太太。黛尔想过，给她拍照——且不管暂时的权力失衡——也许最终能让她俩的地位相当。

杰罗姆说："我有点好奇，想看看。"

"不行。"黛尔说。

"不行？为什么不行？"杰罗姆说。

"你不喜欢你前妻，"她说，"没有理由看她的照片。"

"听她说的！"杰罗姆说，下巴向纳尔逊那边歪了歪。

"杰罗姆——怎么回事？"纳尔逊平静地说。

"怎么回事？我要求看张照片有什么问题？我好奇迪迪现在什么样子。我们结婚很多年，你记得的。"

"我不想看。"布伦达说。

"你不必看。你要是不想喝这酒，也不必喝。"杰罗姆转着酒瓶。商标在他眼前旋转的时候，他抓起酒瓶倒酒。一丝细流注入酒杯。

"我不太明白，不想看你前妻的照片怎么就意味着我不想喝酒。"布伦达说。

"你喜欢白葡萄酒。不是吗？"杰罗姆说。

“通常是。可是你把这酒说得非常好。”

“是很好，但还不是极品。”杰罗姆说着吸了一口气。他还一口都没喝。他让杯中的酒打着转，再把杯子举到唇边缓缓后倾。“嗯……”他说。他点点头说：“相当不错，但还不算完美。”他切下一片烤肉。

纳尔逊的目光一直在黛尔身上，她专注心神，不去看布伦达。布伦达对杰罗姆行为的反应比任何人都差。“我能跟你到厨房说句话吗？”布伦达对杰罗姆说。

“哦，就在这儿和我说好了。继承迪迪的伟大传统，她从不压低声音，也不回避任何当面对峙。”

“我不是迪迪，”布伦达说，“我想知道，你这种举动是不是因为你对我有一份喜欢的工作感到恼火，因为那意味着我没法回应你每一个心血来潮的怪念头，还是因为你非要给黛尔挑刺。”

“算了吧，”纳尔逊说，“算了。黛尔做了这么好吃的饭。”

“别告诉我不该跟杰罗姆说什么。”布伦达说。

“我们再去散个步吧，冷静一下，”黛尔对布伦达说，“也许他们想说说话。也许我们可以去呼吸一下新鲜空气。”

“好。”布伦达说，这让黛尔很惊讶。她本以为布伦达会拒绝，但这个提议似乎让她松了口气。她站起来，穿过厨房，走进挂着大衣的门廊。黑暗中，她把黛尔的夹克当成自己的穿上了。黛尔注意到了，但既然她们穿一个号，她什么都没说就穿上了布伦达的。到了外面，布伦达把手伸进口袋摸到甜甜圈的时候，才意识到穿错了。“哦，这件是你的。”她说着开始拉拉链。

“我们穿一个号。你穿着吧。”黛尔说。布伦达看看她，想要确定她是不是真心的，然后她把手从拉链上拿开了。她们一边走，布伦达一边开始为杰罗姆道歉。她说刚才在屋里的时候，她只是在猜测。她也不明白他到底为什么生气，不过她猜他们心里明白，他喜欢他们胜过自己的孩子——在迪迪和布伦达之间，他有个女儿，还有一个儿子，儿子的妈是别人的老婆。“他在飞机上喝了几杯啤酒。后来他们上楼去修线路的时候也拿了一瓶酒。也许他只是喝多了。”布伦达说。

“没关系的。”黛尔说。她指指朴茨茅斯的灯光。“我喜欢那灯光，”她说，“我喜欢傍晚多彩的天空，但是在晚上，那一点小小的灯光我也几乎同样喜欢。”

黛尔看看手表，但看不清楚。“太晚了，不能再带蒂龙出来了。”她说。虽然看不清表上的时间，她也知道很晚了。远处，有风吹柳条，沙沙作响。她们走到分割过的田野中小路转弯变窄的地方。作为租客，黛尔和纳尔逊有责任犁地，不叫灌木疯长。能听到远处公路上传来的汽车的白噪音。噪音，再加上簌簌的风声，几乎盖过了轮胎声，一辆灭掉头灯的黑色汽车几乎撞在她们身上。布伦达惊恐地跳了起来，抓住黛尔的胳膊，她穿着高跟靴飞快地往草地里走，结果失去了平衡，摔倒在地，把黛尔也拖倒在地。“哦，该死，我的脚踝，”她说，“哦，不。”两人趴在田里，挣扎着站起来的时候，草上的白霜嘎吱作响，好像冬日的流沙。没有头灯的车？车几乎从侧面撞上了她们，然后加速飞奔而去。它巨大的黑影迅疾移开，后退时碾到石子的声音比前进时更大。

布伦达脚踝扭了。黛尔扶她起来，掸了掸布伦达的后背——她自己夹克上的湿露，想要延迟那个时刻的来临，布伦达说她走不了路的时刻。“那个天杀的神经病，”黛尔说，“你能用点力踩踩看吗？觉得怎么样？”

“很疼，不过我想没有骨折。”布伦达说。

黛尔望着远方，布伦达的手还搭在她的肩上。“该死，”布伦达又说，“我最好脱掉高跟靴和裙子，穿着打底裤走回去。你知道吗，要不是我心里明白，我会说那是杰罗姆在瞄准目标杀人。”

杀人。她感到一阵比夜风更甚的寒意，她意识到那辆车一定是从珍妮特的房子那里疾驰而来的。她也意识到她们必须继续前进——至少是她，必须继续前进——去看看出了什么事。

"不妙——"黛尔开口。

"我知道，"布伦达说着哭了起来，"但最糟糕的是我怀孕了，我不敢告诉他，他最近太可恶了。好像他很讨厌我。我觉得我脚踝骨折了他才高兴呢。"

"不是，"黛尔说，她听着布伦达说话，却又好像没听进去，"那边的房子出事了。珍妮特的房子。"

布伦达抓住黛尔的肩膀。"哦，上帝啊。"她说。

"你在这儿等着。"黛尔说。

"不！我跟你一起去。"布伦达对她说。

"我有一种很坏的预感。"黛尔说。

"我们还不清楚，"布伦达说，"也许是些年轻人——喝醉了，关上车灯玩什么游戏。"她语气无力，可见她自己都不相信自己的话。

慢慢地，黛尔扶着布伦达前行，一手拿着布伦达的靴子，另一只手挽在布伦达的腰间。两个人走着，直到那所小小的房子进入视野。"不怎么像婚礼蛋糕。"布伦达瞅着那座比小板房好不了多少的房子说。有一盏灯亮着，这是不明确的预兆：也许说明一切都好，也许什么都不说明。

半开半掩的前门是最坏的迹象。黛尔很吃惊自己居然能有勇气把门推开。房子里，壁炉的木柴已经燃尽，一个靠垫丢在地板上，旁边有一个倒了的马克杯，杯子里装的东西洒了一地。屋内一片可怕而诡异的寂静。黛尔发现自己被寂静所包围，这是少有的情形。

“珍妮特？”黛尔说，“我是黛尔。珍妮特？”

她倒在厨房的地板上。黛尔拧开灯，她们看到了她。珍妮特的呼吸很浅，一丝血迹凝结在她一端的嘴角。黛尔冲动地想把珍妮特搂在怀里，但是她知道自己不应该挪动她的头。“珍妮特？一切都会好起来的。”她听到了自己呆板的声音。她本想加强语气，可是声音却显得单调。她的耳朵开始堵了——这是眩晕即将来袭的警告。可是为什么？她没有喝酒，她也没有吃糖。美尼尔综合征发作时，惊恐会被压制。“你必须学会吸取积极思考的力量，”她听到医生对她说，“我知道这听起来很可笑，但的确管用。我并不相信神秘主义，这更像是一种生物反馈。你要对自己说：‘这事儿不会发生在我身上。’”

房间在颤抖，墙面的震颤似乎是来自于大地的震动。黛尔默默地重复着那些话。她看到珍妮特的前胸一起一伏。

看上去呼吸并不困难，但刚才来这儿的人企图用一根绳子勒死她。从脸色看，她显然缺氧，长长的手指捏成拳头。血从她胳膊上的一个伤口渗出。绳子另一头挂着一个安卡十字架[1]。地上丢了本《象征符号辞典》，旁边是一张血染的星图。星图旁边，是黛尔给珍妮特的手拍摄的照片，被人从墙上撕了下来。照片上，珍妮特的手里拿着那把画符号用的小小的梨木画刷，照片被撕开了，画刷断成了两半。突然，黛尔想起该做什么了，她走到墙挂电话旁，拨了911。“和谐小巷尽头有人昏迷。”她说，很难分辨她讲话有多大声，或多小声。和谐小巷——那是她刚才说的吗？那是个什么荒诞的地方？是某个荒诞的沃尔特·迪斯尼开发项目中某条虚构的街道吗？不是的——他们可没有去那儿。他们在缅因州租了一栋房子，那是他们的所在。她眯起眼看着厨房窗外那颗闪烁的星星，它像一枚明亮的梭镖对准了她的眼睛。但它并不是星星。是朴茨茅斯的灯光。

接到黛尔电话的女人叫黛尔保持冷静。她坚持让她待在原地，好像当事人是黛尔——不是珍妮特，而是站在珍妮特厨房里的黛尔。有那么一秒，911女人的声音和医生说话

1　安卡十字架（ankh），一个顶端饰圆环的T字形记号，古埃及人用以象征生命。

的声音混在了一起：这不会在我身上发生。

警笛的尖啸声响起。听起来那么遥远，远极了，但是很清晰：这是预示着麻烦的背景音乐。黛尔吓了一跳，她甚至没有挂断电话，而是手拿电话站在那里，以为挂断了。她两天前见过珍妮特。还是三天前？她们说起南瓜。珍妮特感谢黛尔在农夫市集帮她买南瓜。“我是她的邻居，黛尔。”她自认为是在回答电话那头的女人用微弱的声音问的问题。那个女人为什么不问珍妮特的事？“我们看到一辆汽车。”她听到自己在说，可是她的嘴离话筒太远，911 的接线员听不清。

就是在那一刻，蒂龙从双人沙发下面冲了出来，飞快地扑上来，越过黛尔，扑倒了布伦达。她可能意识到那只是一条狗，过了很久才发出恐惧的尖叫。蒂龙跟她们一样害怕，布伦达的尖叫把所有的事情弄得更糟了。

“哦，上帝，对不起。”布伦达说，向抖抖索索的狗道歉。他的后腿颤抖得如此让人怜惜，黛尔看不出他怎么还能挺直身子。“哦，上帝，来。”布伦达说着，挪近一点点，手颤抖着从夹克口袋里摸出一个甜甜圈，她伸手把甜甜圈递给狗，狗没有走上前来，只是浑身颤抖地站着，靠在黛尔腿上。没有人看一眼珍妮特的身体。风吹得草丛沙沙作响，但警笛的声音更大了。黛尔看到布伦达歪着头转过身去，就好像她能看到警笛声似的。布伦达又回过头，把甜甜圈抛给狗，偏了足有一英里。

“没事了。”黛尔说着伸出一条腿，从狗身上跨了过去，用靴子尖把甜甜圈往狗这边一点点推过来。那是一个糖霜甜甜圈，在木地板上留下一道白色的痕迹。珍妮特的手边有一道血迹——不，是一摊，不是一道。黛尔没往那个方向看，她非常害怕珍妮特会停止呼吸。

黛尔看着房间另一头的布伦达。布伦达垂头丧气，正要扔出另一个甜甜圈。黛尔看着她把球慢慢抛出来，重复着黛尔的话：“没事了。”然后她上前一步，对黛尔说：“叫他原谅我吧。叫他重新喜欢我。”

黛尔抚摸着蒂龙的头。蒂龙成了她的狗。布伦达和杰罗姆的孩子，她想，将会成为布伦达的孩子。杰罗姆所有的女人都想要孩子，而他深深厌恶每一个孩子：他在法国跟那个已婚女人生了个儿子，她丈夫以为那孩子是自己的；还有第二段婚姻要解体时生下的女儿。纳尔逊是唯一一个他自己想要的孩子。好吧——如果你已经有了你认为完美的孩子，也许这理由成立。纳尔逊对知识充满好奇心，聪明，听话，喜欢自己的继父胜过母亲，是个忠诚的孩子。

纳尔逊和杰罗姆此刻一定在餐桌旁，准备结束晚餐。纳尔逊给杰罗姆找了个台阶下，杰罗姆的消极对抗渐渐平息，变得和蔼可亲——好像两个女人一消失，所有问题也自动消失。没有她们，纳尔逊和杰罗姆可以开始享用色拉，喝完整瓶“作品一号”。纳尔逊可能会把迪迪的照片拿出来，她的脸皱纹深布，刻进那些她忍受杰罗姆酗酒的时光，还有她做的其他糟糕的决定，当然也有在圣特罗佩度假的时光，她在那里享受了太多的阳光。

太多阳光。太多儿子[1]。杰罗姆会喜欢玩这个文字游戏。

杰罗姆已经告诉纳尔逊，他认真地考虑跟布伦达分居。不过现在他讲述的故事和菲利普·德·罗思柴尔德男爵有关。男爵是个聪明的生意人，更重要的是，他很有远见，他认识到如果跟加州的葡萄种植酿造者罗伯特·蒙戴维联手，将会获益良多。蒙戴维被请到男爵家，两个人享用佳肴，品尝美酒。那是一个社交之夜，不谈生意。直到第二天早晨，男爵——这时蒙戴维已经对他真心敬仰，因为他的品位、优雅的风度和举止——把蒙戴维召到床边，就像童话里的人物一

1　又是杰罗姆喜欢的谐音双关，“太多阳光”(too much sun)和“太多儿子”(too much son)中，“阳光”和“儿子”的英文单词发音相同。

样，他们讨论有无可能联手，以及利润五五分成。蒙戴维提出只做一种酒，类似于一种绝妙的波尔多葡萄酒。他这是在试探吗？男爵同意了。他也会说出同样的话吗？酒将在加州酿造，男爵的酿酒师会去探访。蒙戴维备感荣幸，激动不已。他的名字将和菲利普·德·罗思柴尔德男爵连在一起！男爵也沉浸在胜利的喜悦中，他意识到拥抱自己未来的对手将会使两人都获利。除了仪式性地品尝一瓶百年木桐，然后是一瓶冰凉的伊甘[1]，什么也没留下：一桩完美的交易，一顿完美的大餐——甚至还是押韵[2]的，杰罗姆指出。最后设计了一个出色的商标，这是完美的收笔。

房子里的谈话事关完美。在一个完美的世界里，所有的酒都将是完美的。婚姻也是。所有的书都是绝妙的（举杯庆祝）。还有无比美妙的音乐，人们热衷聆听（再次举杯）。在那个不属于黛尔，也不属于布伦达的童话世界里，没有哪个女人会受重伤，倒在她自己的厨房地板上。

布伦达穿过房间，站在黛尔身旁。“甜甜圈。”她低下头轻轻地说，把甜甜圈从那道糖霜轨迹的尽头捡起来，好像从黑暗中摘下一颗流星。

1　木桐（Château Mouton）和伊甘（Château d' Yquem）都是与拉菲（Château Lafite）齐名的世界顶级葡萄酒庄。

2　“交易”和“大餐”对应的英语单词“deal”和“meal”押韵。

这一次，蒂龙表现出了兴趣。黛尔又捡起另外两个。那狗确实有兴趣。黛尔和布伦达仔细检查，没看到甜甜圈上有灰尘。

“为什么不呢？”黛尔说，替布伦达讲出了心里的想法。她们可以假装是鸡尾酒会上的客人，吃着可口的小食。

然而警笛声划破了静夜。

那预示着什么人有了麻烦，纳尔逊明白。又一个麻烦，杰罗姆也这么想。

声音盖过了唱机里的巴尔托克[1]。警笛声尖利而持久：一种可以说是像女人尖叫般令人厌烦的声音——只要人们还可以打这种比方，不过当然，现在不行了。

声音越来越大，他们不得不关注起来。

一个男人在前，另一个在后，走出房门。那扇门，也在风中敞开。

一辆警车，又一辆警车，一辆救护车，一辆消防车——警力开足，出动开道。

去哪里？这几个字像是心跳声：**去哪里，去哪里**。

沿着远离法国的一个国家的一条土路。

---

1 巴尔托克（Béla Bartók，1881—1945），匈牙利作曲家，作品从匈牙利民间音乐中汲取养料，是20世纪最伟大的作曲家之一。

沿着一栋出租屋对面的窄路。

一桌饭菜扔在那儿，两个人中有一个还记得吹灭了蜡烛。

洛杉矶最后的古怪一日

凯勒反复琢磨感恩节是否要去坎布里奇看他女儿琳。如果他十一月去，就见不到侄子侄女了，他们只在十二月回东部过圣诞。也许他们本来可以放下工作，两个假期都回来，但是他们从来没有。他女儿搬进自己的公寓以后，感恩节全家都在她那里聚会，到现在已有六年了；圣诞节大餐去凯勒的姐姐家，在阿灵顿。他女儿的公寓在波特广场附近。她以前跟雷·瑟鲁托一起住，后来她认为找一个汽车机修工实属屈就。一个好人，一个勤快的工人，一个绅士——接下去，她很自然选择了一些凯勒发现几乎无法与之相处的男人，和他们一茬接一茬地过着一夫一妻的生活。噢，可是他们拥有白领的职业和白领的渴望：比如现在的男友，她最近跟他飞到英国去，整整三天，就为了看多佛白崖[1]。即使那儿有蓝鸫鸟，

1 《(蓝鸫鸟将飞过)多佛白崖》[*(There'll be Bluebirds Over) The White Cliffs of Dover*]是第二次世界大战时广为流传的一首经典老歌，演唱者是英国当时的著名女伶薇拉·琳女爵，这首歌的背景是英国和德国的飞机在不列颠之战中战于多佛白崖。歌曲表达了对和平的憧憬，但争议之处在于，蓝鸫鸟并非英国土生品种，没有人会在多佛一带看到蓝鸫鸟的身影。

也没人提起过。

多年前，凯勒的妻子苏·安妮搬回弗吉尼亚州的罗阿诺克，她在那里租了一间“婆婆公寓”，女房东是她大学同学，那时她和凯勒还在恋爱。苏·安妮开玩笑说，她自己已经变成某种理想的婆婆了，料理园艺，在朋友出门的时候帮他们照顾宠物。她很高兴重新做回园丁。在和凯勒一起生活的近二十年间，他们位于波士顿郊区的小房子被树荫遮蔽，除了春季的鳞茎植物，几乎什么也长不了，即使是那些鳞茎植物也得种在花坛里，因为土地肥力太弱。最终，松鼠发现了花坛。苏·安妮的崩溃一定跟松鼠有关。

那么，打电话给女儿，或是做点更重要的事，打电话给邻居——“快乐旅游”旅行社的西格丽德——跟她道个歉。他们最近在本地一家中餐馆吃了一顿平静的晚餐，却被一场大雷雨打断，雨势猛烈，简直是在宣告查尔顿·海斯顿[1]的出场，这让凯勒想到他的窗户没关。他也许不该拒绝把饭菜打包，但是当他想到让她到家里来吃晚餐——他家一片狼藉——或者去她那儿，还得看她儿子那张臭脸，似乎还是狼吞虎咽地吃完饭比较省事。

1　查尔顿·海斯顿（Charlton Heston，1923—2008），美国电影、电视和戏剧演员。他常饰演英雄角色，如《十诫》中的摩西、《宾虚》中的宾虚，后者为他赢得了1960年奥斯卡最佳男主角的奖项。

吃过那顿倒霉的晚餐之后几天，他买了六张彩票送她，希望某个号码能中奖，给她儿子弄一辆自行车，不过显然彩票都没中奖，要不她会打电话来的。她儿子那辆昂贵的自行车被人用刀指着抢走了，是在一个他跟他妈妈许诺不会去的街区。

两三个星期前，西格丽德和凯勒开车去波士顿美术馆看展览，后来去了一家咖啡馆。因为被一个推着辆装甲车那么大的婴儿车的妈妈撞了一下，他笨手笨脚地把一杯茶泼在了她身上。他把餐巾拿到女盥洗室门口，让西格丽德擦擦，他竟然——有人可能会说，相当仗义地——还想到从自己衬衣口袋里的多种维生素小盒中取出一颗每日必服的维生素E，咬掉胶囊末端，叫她从他的指尖上刮取那点黏稠的东西，涂在烫伤的地方。她坚持说自己没被烫着。后来他们在回车上去的路上争执起来，他说她不必装得一切无恙，他喜欢实话实说的女人。“西格丽德，我把你烫到了，那不可能没事。”他对她说。

“这个嘛，我只是觉得没有必要为了一个**无心之失**而责怪你，凯勒。”她回答。每个人都用他的姓氏称呼他。他出生时的名字是约瑟夫·弗朗西斯，但无论是乔、约瑟夫、弗兰克还是弗朗西斯都不合适。

“我太笨了，动作也慢，没能及时帮忙。”他说。

“你挺好的，”她说，“如果我哭，或者失去理性，反而会让你更高兴是吗？你有一面总是时刻保持警惕，仿佛对方一定会失去理性。”

“你对我妻子的个性了解那么一点。”他说。

西格丽德在苏·安妮离家之前、之中和之后都住在他隔壁。“那每个人都是你妻子吗？”她说，“你是这么想的吗？”

“不，”他说，“我是在道歉。我为我妻子做得也不够多。很明显我的行动不够快，或者不够有效，或者——”

“你总是在寻求原谅！”她说，“我不会原谅或不原谅你。这样如何？我对具体情况缺乏了解，但我想你也未必应该对事情的结果负全责。”

“对不起，”他说，“有人说我话太少，不给别人机会来了解我，而其他人——比如你和我女儿——又坚持认为我批判自己是为了吸引别人的注意力。”

“我没说过这种话！别把别人的话安在我嘴里。我说了，茶不小心洒在我背上的事和你与你妻子之间无疑非常复杂的关系，这两者之间实在没——”

“这对我来说实在是太复杂了。”凯勒小声说。

“别小声说话。如果我们需要讨论问题，至少让我听到你在说什么。”

“我没有小声说话，”凯勒说，“那只是一个老人有气无力的喘息。”

“你又说起年龄！我应该同情你的老龄！你到底有多老，既然你总是提到这个？”

“你还太年轻，数不到那么老，”他笑了，“你是一个年轻迷人的成功女性，人们乐意看到你走进屋子。而他们抬头看我，看到的却是一个老人，就会移开目光。我走进旅行社，他们没有一个不低头缩进桌子下面的。你记得吧，那就是我们怎么认识的，因为美国人通常不会拜访自己的邻居。只有你光彩照人地对我笑脸相迎，其他人都假装我不在场。”

“听着，你确定这是我们停车的地方吗？”

“我什么也不确定。这就是为什么我让你开车。”

“我开车是因为你的验光师在我们离开前不久给你滴了散瞳的眼药水。”她说。

“但是我现在好了。至少，我通常并不完美的视力回来了。我能开回去，”他指着她的银色阿瓦隆说，“对我来说这车太高贵了，真的，不过开车是我现在最不愿做的事，我已经毁了你的一天。”

“为什么这么讲？”她说，“因为你乐得认为一些小问题就能毁了我的一天吗？你真是**没救了**，凯勒。还有，别再小声说那正是你妻子会说的话。她只是居住在行星地球上的另一个人，除此之外我对你妻子毫不**关心**。”

她从口袋里掏出钥匙圈，扔给他。

他很高兴他接住了，因为她把钥匙往空中抛得太高了，但他确实接住了，他也确实记得在按钮开锁的时候先她一步，为她打开车门。他从车后绕过去的时候，看到保险杠上贴着“善待动物组织”，那是她丈夫用来给车做装饰的，后来他为了一个小他很多岁的佛教徒兼纯素食主义动物权利活动家离开了她。

他至少是慢慢地走向疯狂，先是订阅《史密森尼》[1]杂志，后来才订一些刊登戴镣铐的饥饿的马和被割除脚爪的眼神惊恐的动物照片的通讯——这些她觉得让人送到家门口都难为情的材料。离开前的一年，他周末去一个动物援救社团工作。当她告诉他，他痴迷于关注动物的困境，甚至不惜以婚姻和儿子为代价时，他把一本他的出版物卷成筒，不停地拿它拍打手心，激烈地抗议，好像在责骂一条坏狗。她记得

---

1 《史密森尼》杂志（*Smithsonian*）是美国史密森尼学会的官方杂志，刊登历史、科学、艺术和自然领域的文章。史密森尼学会是由英国化学家、矿物学家詹姆斯·史密森（James Smithson）捐款创建的研究机构，于1846年在美国首都华盛顿建立。

他不知怎么地把话题转移到了亚洲仍在非法进口象牙。

“你总想吵上一架。”她说。她最终再次开口的时候，凯特正迂回辗转把车开出波士顿。“这样跟你相处很难。”

“我知道很难。我很抱歉。”

“来我家吧，我们可以一起看《佩里·梅森》[1]的重播，”她说，“每晚十一点有。”

“我熬不到那么晚，”他说，“我是个老年人。”

凯勒在接女儿的电话（电话这么多天第一次响起），耐心地听她描述她的情况，她那颐指气使的人生。说话之前她明确告诉他，如果他要问她是否打算跟艾迪生（叫艾迪生[2]！）·佩奇分手，她就挂电话。另外，他也很清楚，她不想被问到她母亲的事，尽管，没错，她们是在通过电话联系。她还不想听到对她光鲜生活的任何批评，基于她最近跟挥霍成性的男友在英国度了三天假的事实，还有，没错，她打了流感疫苗。

“现在是十一月，可以问你打算投票给谁吗？”

---

1 《佩里·梅森》（*Perry Mason*），1957年9月到1966年5月间在哥伦比亚广播公司热播的法庭剧。

2 艾迪生（Addison），古英语人名，意为“亚当之子”，但同时也是一种疾病的名称，艾迪生氏病即原发性肾上腺功能不足。

“不可以，”她说，“即使你选的是同一个人，你也会找到什么方法来戏弄我。”

“要是我说‘闭上眼睛，想象一头象或一头驴[1]’呢？”

“要是我闭上眼睛，我看到……我看到一个马屁股，那就是你，”她说，“我能继续了吗？”

他嗤之以鼻。她有急智，像他的女儿。这点遗传了他，而不是他的妻子——她从不开玩笑，也理解不了玩笑。很久以前，他妻子找了一个完全没有幽默感的心理医生，他把凯勒召去，要求他跟苏·安妮说话要直截了当，不要拐弯抹角，也不要含沙射影，或者——语带幽默——这天理难容。“如果我急不可耐地想要讲一个种族歧视的笑话怎么办？”他问。这个想法当然很滑稽，他这辈子从没讲过种族歧视的笑话。可是心理医生当然无法领会他的语气。“你琢磨着有必要跟你妻子讲种族歧视的笑话吗？”他说着停下来在他的便笺纸簿上涂了几笔。“除非做梦的时候想到。”凯勒面无表情地说。

“我以为你要继续说下去，琳。”他说。“我说这话表示我的态度，而不是责备。”他赶快加上一句。

“凯勒，”她说（从她十来岁的时候起就开始叫他凯勒

1　象和驴分别代表共和党和民主党。

了），“我需要知道你感恩节来不来。”

“就因为你会买一只重了六七盎司的火鸡？”

“其实我今年想做火腿，因为艾迪生喜欢火腿。只是个简单的请求，凯勒：让我知道你是来还是不来。现在离感恩节还有三个星期。”

“我为了要接受一个感恩节的社交邀请就得遭遇艾米·范德比尔特[1]的日程表？”他说。

她深深地叹了口气。“我想要你来，不管你相不相信，不过洛杉矶的双胞胎不来了，艾迪生的姐姐请我们去她家，所以我想，要是你不打算来，我今年也许就不做饭了。”

“哦，无论如何别为了我做饭。我会注意我的礼节，从今天算起的第五十一周打电话，然后我们商量明年的计划，”他说，“超市里卖的火鸡馅饼对我就足够好了。”

“然后第二天你就变成平常那个节省的自己，开始吃剩菜的包装盒。”她说。

“马不吃纸板。你想的是老鼠。”他说。

“我接受指正，”她说，重复着他常对她说的话，“不过让我再问你一件事。艾迪生的姐姐住在新罕布什尔的朴茨茅

1　艾米·范德比尔特（Amy Vanderbilt, 1908—1974），美国社交礼仪权威，1952年出版了畅销书《艾米·范德比尔特礼仪大全》。

斯，她发了一个私人邀请，请你参加在她家举行的晚宴。你愿意在那儿过感恩节吗？”

“她从来没见过我，怎么可能发私人邀请呢？”他问。

“别啰嗦，”他女儿说，“回答就行了。”

他考虑了一下。不是因为他会不会去，而是因为节日本身。修正主义者认为感恩节是纪念对美洲原住民（从前叫印第安人）的征服，还不至于像哥伦布日那个节日那么糟糕，但还是有点……

“我把你的沉默理解为你想要远离尘嚣。”她说。

“那个书名总被错误地引用，”他说，“哈代的小说是 *Far from the Madding Crowd* [1]，意思完全不同，‘madding’ 的意思是‘疯狂的’。‘疯狂的’ 和 ‘烦人的’ 这两个词意思差得很远。想想看，比如拿你妈妈的个性和我相比。”

“你真是烦人得**无可救药**。”琳说，“要不是知道你关心我，我才不会拿起电话听你一次又一次地嘲讽。”

“我以为那是因为你同情我。”

他听到挂断的声音，然后一片寂静。他把电话放回电

1　此处是说，哈代这部小说的标题“Far from the Madding Crowd”（远离尘嚣）总被人说错，将其中的“madding”一词误作“maddening”，琳在这边也弄错了。

话座，那让他想起另一个摇篮[1]——琳的摇篮——床头板上有母牛跳月亮的贴花印图，栏杆上有蓝色和粉色的珠子（做摇篮的厂家上了双保险）。他还记得他转动珠子，看着琳入睡。摇篮现在搁在楼下的过道里，用来堆放供回收的废纸和杂志。这么多年来，贴花印图有些地方剥落了，所以上一次看的时候，只有身子和两条腿成功地跳过了笑容明媚的月亮。

他买了一个冷冻的火鸡馅饼，还有，为了犒劳自己（琳说他一直吝惜给自己快乐，不对——一个人无法拒绝难以发现的东西），买了一个调频效果极佳的新收音机——不过他耳力不济，能听得出来啥呀。吃感恩节晚餐的时候（离感恩节还有两天，不过又何必拘泥形式？选择——“丹尼茂”炖牛肉还是“少脂烹调”蔬菜卤汁面条是感恩节当天的事），他心怀喜悦地听着雷斯皮基[2]的《罗马的松树》。他和苏·安妮蜜月旅行差点去了罗马，但后来改去了巴黎。他妻子刚读完大学第二个学期，选了艺术史专业。他们去了卢浮宫，去了

1　前文“电话座”的英语原词是“cradle”，也有“摇篮”之意，所以凯勒由此联想到“另一个摇篮”。

2　雷斯皮基（Ottorino Respighi，1879—1936），意大利作曲家，主要作品有“罗马三部曲”：《罗马的松树》《罗马的喷泉》《罗马的节日》。

国立网球场现代美术馆，旅行的最后一天他给她买了一幅她反复赞叹的画，威尼斯的小水彩画，画框十分华丽，大概这就是幅水粉画价格昂贵的原因——是水粉画，不是水彩，她总是这么纠正他。他们俩都想要三个孩子，最好是一个儿子，接着再来一个儿子或女儿，万一第二个还是儿子，他们当然一心期盼最后一胎生个女儿。他出神地回忆着他们在塞纳河畔漫步，说着天真的闲话，认真讨论着那些大多无法掌控的事：人生大事。

苏·安妮只怀了一次孕，虽然他们（说实话是她）很不明确地考虑过收养，琳还是成了他们唯一的孩子。虽然没有兄弟姐妹，但她还比较走运，有些亲戚，因为凯勒的姐姐在琳出生后一年左右生了一对双胞胎，那些日子两家相距只有半个小时车程，几乎每个周末都碰头。现在苏·安妮和他的姐姐卡罗琳（现在只叫卡罗尔）已经几个月不说话了，卡罗琳跟她的医生丈夫住在阿灵顿（或者说分别住在阿灵顿——他被禁止探问两人关系的实质），他们的双胞胎，理查德和丽塔，都是股票经纪人，一直没结婚（聪明！），在好莱坞山共住一栋房子，他跟他们相处时比跟他女儿还自在。好些年了，凯勒一直承诺要去看他们，前年夏天，理查德终于跟他摊牌了，寄来一张去洛杉矶的机票。理查德和丽塔开着一辆宝马敞篷车去洛杉矶国际机场接凯勒，带他去了一家寿司餐厅，餐厅里激光影像每隔一段时间打在墙上，明暗交替，好像一堆性欲勃发的象形文字应和着《像埃及人一样走路》[1]摩擦挑逗。第二天早上，双胞胎带他去了一个旨在嘲讽所有博物馆的博物馆，展品古怪，描述充满了戏谑调侃，没个正经，他肯定，在那儿的大多数人都以为自己参观的是一个真正的博物馆。那天晚上，他们打开泳池的灯，给他一条泳裤（他怎么会想到带这东西？——他从没把对洛杉矶这座散漫杂乱城市的造访想象成海滩之旅）。星期天，他们在泳池边享用午餐，吃新鲜的菠萝和意大利熏火腿，喝意大利汽酒而不是矿泉水（在他看来，这是他们家里除了品质绝佳的红酒以外唯一的饮品了）。傍晚有个美丽的金发女郎加入了他们，据说以前是杰克·尼克尔森的女朋友，或许依然还是。后来他跟丽塔和理查德去参加一个电影放映会（一个赶尽杀绝的片子，他们都不想看，可是又碍于情面不得不去，因为摄影师是他们的老客户）。星期一，他们给凯勒叫了辆车，这样他就不至于因为在高速公路上找不到出口而迷路了。司机把他送到餐厅和双胞胎共进午餐，餐厅建在一个美丽的带露台的花

1　美国流行摇滚组合“手镯合唱团”（The Bangles）的一首畅销单曲。

园边上。吃完饭，司机在米高梅电影制片公司把他放下，参观完后又是同一个司机来接——这个司机从好莱坞高中辍学了，在写剧本。

他们给他买的往返票，间隔时间只是几天，这样挺好，因为要是再待下去，他可能就永远不会回家了。不过谁又会在乎他回不回家呢？他妻子不关心他住在哪儿，只要方向与她相反就行；他女儿也许会松一口气，他终于搬去了别处。他无缘无故地住在他住的这个地方——至少对他来说无缘无故。他没有朋友，除非把唐·金姆算上——唐每周一和周四跟他打手球。还有他的会计，拉尔夫·巴佐罗科。他猜巴佐罗科算个朋友，只是每个春天打几局高尔夫，每年四月十六号，他和巴佐罗科的其他主顾受邀出席一个自助餐会——还有巴佐罗科打电话祝他生日快乐，“巴佐罗科一家”（贺卡上总是这么写）圣诞节寄来一个巨大的盒子，装着意大利杏仁脆饼和芭喜[1]巧克力……嗯，他不知道。他想也许这就是所谓的友情，有点为自己感到惭愧。他到医院去探望过巴佐罗科的儿子，他踢足球时摔伤了骨盆，切除了脾脏。他在雨中开车送巴佐罗科哭泣的妻子回家，让她可以冲

1　芭喜（Baci），雀巢旗下著名的意大利糖果公司佩鲁吉那公司生产的一款著名的果仁巧克力。

个澡，换身衣服，然后又在雨中开车把仍在哭泣的她送回医院。好吧，他有朋友。但是他们谁会在意他搬到洛杉矶呢？唐·金姆很容易就能找到一个新的合伙人（也许是个更年轻的人，更配得上当他的球友）；巴佐罗科可以通过神奇的现代科技继续做他的会计。不管怎样，凯勒还是回到了北海岸[1]。

不过，要等先过完洛杉矶这古怪的最后一天。他说——虽然本来没这么打算（琳认为他嘴里冒出来的每个字都是预先考虑好的，这不对）——最后一天想在家里消磨。为了不让他们觉得过意不去，他甚至提出能否开一瓶梅洛[2]——当然了，他们推荐什么就是什么——以及午饭把他们的冰箱扫荡一空。毕竟，冰箱里有马斯卡邦尼乳酪，而不是农家鲜干酪，水果盒里塞满了有机李子，而不是皱巴巴的超市葡萄。理查德对这个想法不太热衷，而丽塔却说这当然没有问题。这是**凯勒**的假期，她强调。那天晚上他们在一家海滩餐厅订了位，要是他觉得休息好了，想去外面吃，也行，要不然他们就取消订位，由理查德来做他那道著名的甜洋葱酱汁腌

1　指马萨诸塞州的一个地区，泛指波士顿与新罕布什尔州之间的沿海地区。

2　梅洛（Merlot），原产于法国波尔多的葡萄品种，酿造的酒以果香著称。

鸡胸。

凯勒醒来的时候，屋里没人。他煮了咖啡（在家的时候，他喝速溶咖啡），房门开着，他趁这个工夫，走出去溜达到露台上。他环视山坡，欣赏泳池一侧种在墨西哥陶瓮里的马缨丹。一本杂志被淋了雨——夜里一定下雨了，他没听到，他当时听着勃拉姆斯，戴着耳机睡着了。他朝杂志走过去——这本《时尚》在绿色的瓷砖上瓦解腐烂，像高速公路上的垃圾一样恶心——他吃惊地直往后退，那儿有一只小小的负鼠：一只负鼠宝宝，长鼻子，苍白纤细的身子，正用爪子拍水，徒劳无功地想从泳池边上爬上来。他飞快地环顾左右找泳池捞网。前一天晚上它还斜靠在玻璃移门边，可是现在不见了。他赶紧走到房子的一头，又跑到另一头，始终警觉地意识到溺水的负鼠急需救援。他走进已经弥漫着咖啡香的厨房，使劲拉开一扇又一扇门，想找一个罐子。他终于发现了一个放清洁用具的桶，飞快地把里面的东西拿出来，然后冲回泳池，把桶沉下去，可是没捞到，还吓着了那可怜的小东西，让它沉到了池底，这更难办了。他害怕地向后退缩，又意识到这种感受并非害怕，而是对自己的厌恶。内省并不是他最喜欢的模式，不过没有关系：他又把桶放了下去，这一次他接受了自己掉入水中的滑稽命运，把身子探得更远。不过第二次他设法舀到了负鼠——它只有一丁点大，把它从水里捞了出来。桶里的水满满的，因为他浸得很深。他看到负鼠蜷在桶底，心里很绝望，马上明白它已经死了。负鼠淹死了。他放下桶，蹲在桶边的瓷砖地上，接着有了一个令人振奋的顿悟，他几乎笑出声来，意识到它没有死，它只是在装死[1]。但是如果他不把它从水桶里拿出来，它就真的要死了。他跳起来，把桶放倒，水带着负鼠流出来的时候，他往后站。水流光了，负鼠静静地躺着。一定是因为他在看着它，他想，但他又一次想到了那个可怕的念头：它可能真的死了。

他静静地站着。然后他打算回屋里去，离它远远的。它死了；它没死。时间流逝。终于，他一动不动站着的时候，负鼠抽搐了一下，摇摇摆摆地走了起来——它体内闪现的生机在凯勒心中产生了共鸣——然后，事情结束了。他继续站着，想到自己几分钟之前还那么厌恶自己。他随即出去把桶拿了回来。他抓住桶柄的时候，泪水夺眶而出。管他呢！他冲洗水桶时在水槽边哭了起来。

他用胳膊弯擦干眼泪，把桶彻彻底底清洗干净，时间长得没有必要，然后用毛巾把桶擦干。他把“佳美”、“稳洁”、

1　英语中“装死”为“play possum”，其中的“possum”一词即意为“负鼠”。

清洁剂，还有抹布和刷子放回桶里，把桶放回水槽下的原位，试图回想这一天他本来计划做什么，他一下子又不知所措了。他脑海中跳出来的是杰克·尼克尔森的女朋友，比基尼金发女郎，披着一件牛仔布衬衫。他心想……什么？他要跟杰克·尼克尔森的女朋友在一起吗？一个连姓什么都不知道的人？

但那的确是他的想法。不会去做，不过真的——那就是他在想的事，一直在想的事。

水流光了，瓷砖依然闪闪发亮。当然，负鼠没了影踪。无疑它已经吸取了这重要的人生教训。一张小小的红木桌子上放着一台防水收音机，他打开收音机，调到古典音乐频道，调好音量。然后他解开腰带，拉开裤子拉链，脱下外裤和内裤，脱下衬衣。他拿着收音机走进泳池深水区的那一头，把收音机放在池边上，潜入水中。他在水下游了一会儿，然后把头探出水面，这时他有种明确的感觉，什么东西正在注视着他。他回头看了看房子，又缓缓地环顾泳池周围。把泳池和邻家隔开的围篱至少有十英尺高。泳池后面的露台上长满了灌木丛、果树和粉色白色的鸢尾——凯勒要疯了：他独自一人在一个私家院落里，没有别人。他又潜入水中，清凉丝滑的水令他神清气爽，他游蛙泳到另一端，浮上来换气，用脚蹬池壁，仰面漂浮在水面上。他漂到泳池尽头，爬上岸来，用眼角的余光看到了是谁在注视他。有一头鹿高高在上，从梯台上往下看。他们眼神交汇的那一瞬间，鹿就跑掉了，但在那一瞬间，他清清楚楚地意识到——在这出现无数启示的一天——那头鹿投来的是一种仁爱的目光，仿佛心怀感激。他感觉到了：一头鹿认可了他，在向他表示感谢。他为自己古怪的思维方式感到目瞪口呆。一个成年人怎么可能——一个没有任何宗教信仰的成年人，一个曾经陪着小女儿去看《小鹿班比》的父亲（现在看来仿佛是上辈子的事了），像每个父母一样，在班比的妈妈被杀害的时候轻声说："这只是电影。"一个对世界有这种认识的人，他能记起来的最有意义的成就就是从游泳池里捞出一只动物——这样的一个人怎么能明白无误地觉得，有一头鹿出现了，是来祝福他的呢？

但是他知道它确实如此。

最终，这祝福并未真的改变他的生活，不过人又何必因为祝福本身而产生诸多期待呢？

深刻改变过他人生的事，是几年前理查德力劝他投机冒险，要相信他，因为他即将说出的那个词将会改变他的人生。"塑料？"他当时说。但是理查德太年轻了：他没有看过那部电影。不，那个词是**微软**。凯勒那天心情复杂（一个月前他的父亲自杀了）。那段时间他是如此厌恶自己的工作，讲话也不再半真半假，终于对苏·安妮承认，他们的婚姻已经走进了死胡同，也承认了他猜他几乎倾其所有给侄子投资一家名字意味着“微小和脆弱”的公司，这是在纵容自己自暴自弃的倾向，他妻子和女儿一直认为自暴自弃是他生命的核心。但是，结果证明，理查德给他带来了福气，现在这头鹿也是。那个金发女人没有给他福气，不过，很少有男人，真的很少，运气能好到让这样一个女人给他们带来福气。

“你**真逗**！”丽塔笑着说。她开车送他到洛杉矶国际机场。在路上，他脱下白色T恤举到空中说：“我在此屈服于天使之城的疯狂。”丽塔一向认为家族里没有人理解她叔叔，大家都对他防备，因为他的博学对他们来说是一种威胁，他们还任性地误解他的幽默感。理查德要工作到很晚，但他拜托他妹妹拿来（她差点忘了仪表板置物箱里的好东西，跑回车上拿的）一罐白巧克力布朗尼给他飞机上吃。还有一封短信，凯勒后来读到，是理查德感谢他在他和丽塔小时候树立了一个榜样，不要盲目随波逐流，以及他在一个用理查德的话说“从来都害怕自己影子”的家族里，发出讽刺幽默的声音。“快点回来，”理查德写道，“我们想你。”

回到家，他女儿在电话里用一个警告来迎接他："我不想听到我的表亲们如何快乐成功，这在你看来就是'富有'的同义词。别告诉我他们生活的细节，只要说你做了什么。我要听你说说这趟旅行，但又不想让我自己在完美的表亲面前显得很无足轻重。"

"我可以完全不讲他们的事，"他说，"我可以相当诚实地说，这次旅程中最重要的那个时刻，他们没有陪在我身边，那是我和一头鹿眼神交会的一瞬间，它用一种难以形容的善意和理解看着我。"

琳嗤之以鼻。"我猜是在高速公路上？它正准备给重拍的电影《猎鹿人》做临时演员？"

那一刻，他体会到了她和他说话时常有的冲动——那种挂掉电话的冲动，因为电话那头的人连你说的一个字也不愿尝试去理解。

"你感恩节过得怎样？"西格丽德问。凯勒在旅行社里，坐在她对面，准备为唐·金姆的继女买一张去德国的机票，好让她去跟不久于人世的朋友见最后一面。那女孩罹患肌萎缩，已经病入膏肓。具体细节太可怕，不忍卒想。詹妮弗十七岁，跟她认识了十一年，现在那女孩要死了。唐·金姆是个月光族，没等发工资钱就花完了，凯勒必须告诉他自己有一笔钱，他称之为“来自八十年代股票市场的意外之财”，好让他相信，他为詹妮弗买机票并不是负担不起。他费了很大的劲儿说服了他。他一再坚持，并发誓说他绝对没有以为唐在暗示（确实如此）。唯一的担心是詹妮弗怎么应付这样一趟旅程，不过他俩一致认为她是个成熟的女孩。

“很好。”凯勒说。事实上，那天他吃了罐头炖菜，听了阿尔比诺尼[1]（可能是某个被迫在感恩节前夜工作的郁闷的DJ干的事儿）。他在壁炉里生了火，读了一直没时间读的《经济学人》。他觉得自己和西格丽德之间距离很远。他说，尽量显得不太敷衍客套：“你呢？”

“我其实……”她垂下眼帘，“你知道，感恩节布拉德去我前夫那儿过了一周，圣诞节他跟我过。他现在真是个大孩子了，我不知道他为什么不能强硬一些，可是他做不到。要是我当时知道我现在知道的事，我决不会放手让他去，不管法庭给那个神经病什么权利。你知道他感恩节前做了什么吗？我猜你肯定没看报纸。他们招募了布拉德去给火鸡放生。他们被抓起来了。他父亲觉得布拉德受到伤害、被拘留，

1　阿尔比诺尼（Tomaso Albinoni, 1671—1751），意大利作曲家，以一曲《G小调柔板》（*The Adagio in G*）而闻名于世。

这些都没关系。最糟的是，布拉德吓得要命，可是他不敢不去，然后他又假装对我说，他觉得那主意棒极了，说我是个冷漠的——”她搜索着字眼，“说我是低等人类，因为我吃死去的动物。”

凯勒不知道该说什么。近来的事情都没有滑稽到可以拿来调侃。一切都显得怪异又伤感。西格丽德的前夫带他们的儿子去给火鸡放生。你怎么能拿这个借题发挥？

“她可以飞英国航空，从波士顿出发到法兰克福，在伦敦中转，”西格丽德说，好像没指望他回答，“七百五十元左右。”她又敲起了键盘。“税后七百八十九元，”她说，“她将于东部标准时间下午六点起飞，早上到。”她的手指在键盘上停了下来，望着他。

“我能用一下你的电话吗？我跟她确认一下日程。”他知道西格丽德好奇詹妮弗·金姆是谁。他称她为“我的朋友，詹妮弗·金姆。”

“当然。”她说。她按下一个按钮，把电话递给他。他之前把金姆的号码写在一张小纸片上，放在了衬衫口袋里。他意识到他拨号的时候西格丽德在盯着他。电话响了三声，然后是留言机。“我是凯勒，”他说，“我们拿到航程信息了，不过我想跟詹妮弗确认一下。我让我的旅行社专员接电话，”

他说，“她会告诉你时间，你给她打电话确认，好吗？”他把电话递给西格丽德。她接过电话，直奔主题：“金姆女士，我是‘快乐旅游’旅行社的西格丽德·克莱恩，”她说，“这趟英国航空公司的航班下午六点整从波士顿洛根国际机场起飞，伦敦转机，早上九点五十五分抵达法兰克福。我的直线电话是——”

他看着墙上画框里巴厘岛的海报。海滨胜境。两个人相拥躺在一张吊床上。前景有粉红色的花。

“好，”她说着挂上了电话，“我等着她打过来。我想要是有什么变化我应该通知你？”

他侧过头去。“有什么东西不会变化吗？”他说，“你要真这么做，每天每一秒你都会忙个不停。”

她面无表情地看着他。“提前确认票价，”她说，“还是我不管怎样都出票？”

“不管怎样都出票。”（“不管怎样”，这不是一个他常用的词！）“谢谢。”他站起身。

“出去的时候跟我躲在桌子下面的同事们打个招呼。”她说。

他在门廊里停下脚步。“他们把火鸡怎么了？”他问。

“他们用卡车把火鸡送到佛蒙特的一个农场，认为那里不会宰杀火鸡，”她说，“你可以看昨天的报纸。大家都被保释出来了。因为是初犯，我儿子也许能够避免犯罪记录。我雇了律师。”

“我很难过。”他说。

“谢谢。”她说。

他点点头。她穿着那件他泼过茶的灰色毛衣，除非她有两件这样的衣服。他想到，除了家人，她是唯一一个他与之交谈的女人。邮局的女人，他出去跑腿时遇到的女人，那个联邦快递员——他私下里觉得她可能是个双性人，但是就真正的女性熟人而言，西格丽德是唯一一个。他应该多跟她谈谈她前夫和儿子的问题，尽管他无法想象自己会说什么。他也无法想象这一滑稽还是怎么的景象：被放生的火鸡走在一片上冻的田野里，在——她说是哪里来着？佛蒙特。

她接了一个来电。他回头看看那张海报，看着西格丽德穿着那件灰色毛衣坐在那儿，他头一回注意到她戴了一条带银十字架挂坠的项链。她的头微微前倾，高高的颧骨显得更加突出，那是她脸上最好看的部分；最不好看的是眼睛，眼间距有点短，让她看起来总有几分茫然。他举起手以示道别，以备她往他这儿看，然后又从西格丽德的电话中听出来对方肯定是唐·金姆的继女。西格丽德在报波士顿到法兰克福的行程单，边说边敲着钢笔。他犹豫了，接着走回去坐了下来，虽然西格丽德没有请他回来。他坐在那里，听詹妮弗·金姆给西格丽德讲述整个悲伤的故事——除此之外，那个女孩说什么能说这么长时间呢？西格丽德最终抬眼看他的时候，几乎成了对眼，她接着把手搭在键盘上，开始输入信息。"我今晚可能会过来小坐。"他低声说着站起身来。她点点头，一边冲电话话筒里讲话，一边飞快地打字。

他有些兴奋，想到格鲁乔·马克斯[1]在某部电影里唱的一首歌，歌词是："你是否曾有过一种感觉，想要离开，可是你又有一种感觉，想要留下？"他脑海里突然浮现出格鲁乔用牙齿叼着雪茄的形象。（或者还是吉米·杜兰特[2]唱的歌？）接着格鲁乔的脸消失了，只留下雪茄，就像《爱丽丝漫游奇境》中的某个时刻。然后——虽然多年前父亲去世的时候凯勒就戒烟了——他在便利店买了一盒香烟，抽了一根。他开车回家，路上听着奇怪的太空时代音乐。他开车穿过唐恩都乐[3]，买了两个原味的甜甜圈，准备看晚间新闻的时候就着

1　格鲁乔·马克斯（Groucho Marx，1890—1977），美国著名喜剧演员、电影明星，以机智的俏皮话闻名。

2　吉米·杜兰特（Jimmy Durante，1893—1980），美国歌手、喜剧演员、钢琴家。这边提到的这首歌确实是由他演唱的。

3　唐恩都乐（Dunkin' Donuts），著名的甜甜圈连锁店。

咖啡吃。他想起以前苏·安妮数落过他很多次，说他吃东西不用盘子，似乎撒落的面包屑就是生活即将失控的证据。

他在自家车道上看到垃圾筒被撞翻了，里面的塑料袋破了，筒盖落在院子当中。他隔着车窗看着那块西瓜皮，又看着他刮胡子刮破了下巴时按在伤口上的沾有血迹的健力士纸巾[1]——他现在胡子长得没那么浓密了，为了早上省时间，都是上床前刮胡子；还有散落在那儿的《经济学人》，一个地道的公民会把它们捆扎起来，以便回收。他熄了火，下车走进风中，去收拾那乱糟糟的一摊。

他在收拾垃圾的时候，感觉到有什么人在看着他。他抬头望了望房子。苏·安妮走了以后，他不仅取下了窗帘，连百叶窗都卸了下来，他喜欢明亮空旷的窗户，要是人们对这种平凡生活感兴趣，尽可以一眼望进去。他捡起一个斑驳的苹果，这时一辆汽车开过——一辆蓝色的面包车，不是这个小区的，不过最近几个星期他常看到。也许是一个私家侦探在跟踪他，他想，他妻子雇的什么人，想看看房子里是否住进了另一个女人。他抓起最后一片垃圾，塞进垃圾筒里，打算一会儿再出来重新装袋。他不想再站在风里。他打算六点

1　健力士（Kleenex）纸巾，由金伯利（Kimberly-Clark）公司出品的著名品牌纸巾。

新闻开始以前就吃一个甜甜圈。

西格丽德的儿子背靠外重门[1]坐着，双膝紧紧抵在胸前，在抽烟。凯勒吃了一惊，却故作镇定。他在过道上停下，从自己口袋里的烟盒抽出一根烟。“能借个火吗？”他对那男孩说。

这似乎有效。布拉德看到凯勒没太受惊，自己反倒有些吃惊，用一只手颤抖着递上打火机。凯勒高高在上。男孩又矮又瘦（时间起码会解决其中一个问题）；凯勒六英尺多一点，肩膀很宽，体重比标准超出十五或二十磅，每年冬天都会这样。他对男孩说：“这是个礼节性的拜访，还是我错过了一个商务约会？”

男孩愣了一下。他没领会话里的幽默，嘟囔着：“礼节性的。”

凯勒掩住笑意。“请让一下。”他说着走上前来。男孩手忙脚乱地站了起来，退到一边，让凯勒开门。凯勒觉得布拉德有一丝犹豫，不过他还是跟在他后面进了屋。

屋里很冷。凯勒出门的时候把暖气调低到了华氏五十五度。男孩用胳膊环住肩头。烟头夹在他的食指和中指间。他手腕上戴着一条皮手链，露出一个什么文身尖尖的头。

1　外重门（storm door），防雨雪及冷风的大门。

“我何来此等荣幸呢？”凯勒问。

“你有……”男孩若有所思地环顾着房间。

“烟灰缸吗？我用杯子代替。”凯勒说着递给他一个早上喝咖啡用的马克杯。他没有牛奶了，只好喝黑咖啡。该死——他又忘了买牛奶。男孩没有用手拿住杯子，直接把烟头在马克杯里摁灭。凯勒把杯子放回桌上，弹掉自己的烟灰。他指了指一把椅子，男孩走过去坐了下来。

“你是在工作还是干什么？”男孩脱口而出。

“我是个富贵闲人。”凯勒说。“事实上我刚去拜访了你母亲，要买一张去德国的机票。是给朋友买的，不是自己。”他加了一句。“除了读《华尔街日报》，我今天的日程表上只有那一件事，”——因为他从不读本地报纸，因而之前没有听说男孩被抓的事，不过他当时没有对西格丽德那么说——“还有就是又忘了买牛奶回家。”

凯勒在沙发上坐下。

“你能不能不要告诉我妈妈说我来过这儿？”男孩问。

“好的。”凯勒说。他等待下文。

“你跟我爸爸曾经是朋友吗？”男孩问。

“不是，不过有一次我们在同一天献了血，好几年前的事了，我们坐的椅子挨着。”这是真的。不知为什么，他从来没跟西格丽德讲过，其实也不是因为可讲的话很多。

男孩神情有些迷惑，好像不明白凯勒说的话。

“我爸爸说你们一起工作。”男孩说。

“我为什么要撒谎？”凯勒说，给问题的答案留出余地：你爸爸为什么要撒谎？

男孩又显得迷惑不已。凯勒说：“我以前在大学教书。”

“我感恩节去我爸爸那儿，他说你们在同一个领域工作。”

凯勒忍不住笑了。“这是一种表达方式。”凯勒说，“就像‘我的话面面俱到’。”

“面面什么？”男孩说。

“如果他说我们‘在同一领域工作’，他的意思一定是说我们擅长同一类事。我不是很明白他这种想法，但我确定这就是他的意思。”

男孩看着自己的脚。“你为什么给我买有奖彩票？”他说。

凯勒该怎么跟他讲呢？说他那么做是跟他母亲间接道歉的一种形式，为了某件并未发生的事，因此他不必真的道歉？世界已经不同了：这儿坐着的人从来没听说过“在同一领域工作”的表达。但是，布拉德的爸爸说这话的上下文到底是什么呢？他猜他可以问问，不过他知道布拉德肯定对“上下文”这个词也一无所知。

“我知道感恩节你过得挺糟糕。”凯勒说。他画蛇添足地加了一句（虽然他自己无法容忍别人画蛇添足）：“你妈妈告诉我的。”

“是啊。”男孩说。

他们一言不发地坐着。

“你为什么来看我？”凯勒问。

“因为我觉得你算个朋友。”男孩的回答让他惊讶。

凯勒的眼神出卖了他。他感觉到自己的眉毛微微往上挑了起来。

“因为你给了我**六张**有奖彩票。”男孩说。

很明显，男孩对于更改预计的数字以示强调的做法毫无概念：一枝玫瑰，而不是一打；六个机会，而不是一个。

凯勒起身去拿客厅桌上的那袋甜甜圈。油透过纸袋渗了出来，在木桌上留下了一摊发亮的油迹，他攥起拳头擦了擦。他把袋子递给布拉德，放低一点好让他看到里面是什么。凑近来闻，男孩身上有股淡淡的酸味。他的头发很脏，弓着肩坐在那里。凯勒把袋子往前移了一英寸。男孩摇头表示不要。凯勒把袋子上端折好，放在地垫上。他走回刚才坐的地方。

"要是你给我买一辆自行车,我明年夏天就去工作,把钱还你,"布拉德脱口而出,"我需要一辆新的自行车去一些我要去的地方。"

凯勒注视着他,决定不去改进他的句法。文身的图案好像是顶部呈球状的一个大钉。他觉得应该是一个小小的骷髅头,因为这一阵好像很流行骷髅图案,除此之外也没别的理由。布拉德下巴上有一颗青春痘。凯勒整个青春期都没长一颗青春痘,甚至连不相信奇迹的人都觉得神奇。他女儿就没有这样的好运。有一次她因为自己糟糕的皮肤而拒绝上学,他想逗逗她,叫她别那么敏感,却害得她哭。"别这样,"他对她说,"你又不是淋巴结核感染的约翰逊博士[1]。"他妻子,还有他女儿,听了这话都哭了起来。第二天,苏·安妮为琳预约了一个皮肤病医生。

"这要跟你妈妈保密吗?"

"是的。"男孩说。不过他不是很坚决,他眯起眼睛看凯勒会不会答应。

他问:"你怎么跟她说这车子是哪儿来的?"

1　指塞缪尔·约翰逊(Samuel Johnson),曾罹患淋巴结核,手术治愈后脸上与身上留下了永久的疤痕。

"我就说我爸爸给的。"

凯勒点点头。"她大概不会问他这种事吧？"他说。

男孩把拇指伸进嘴里，咬上面的皮。"我不知道。"他说。

"你不想告诉她，这是作为明年夏天帮我整理花园的交换吗？"

"好啊，"男孩说着坐直了，"好啊，没问题，我能干。我会干的。"

凯勒想到摩莉·布鲁姆[1]也不可能把"会"这个词说得这么有力。"我们也许可以说是我碰到你，然后提议的。"凯勒说。

"说你是在斯考提碰到我的。"男孩说。那是家冰淇淋店。如果男孩想让他这么说，他就这么说。他看着那袋甜甜圈，期待重新高兴起来的男孩很快就会伸手去拿。他微笑着，等着布拉德去拿纸袋。

"我把你的垃圾筒踢翻了。"布拉德说。

凯勒的笑容消失了。"什么？"他说。

"我来这儿的时候很生气。我以为你是我爸爸的什么疯子朋友。我知道你在跟我妈妈约会。"

1　摩莉·布鲁姆（Molly Bloom）是爱尔兰小说家詹姆斯·乔伊斯的长篇意识流小说《尤利西斯》中的女主人公。

凯勒扬起头。“所以你踢翻了我的垃圾筒，以此作为来问我要钱买自行车的准备？”

“我爸爸说你跟我妈妈约会，是个卑鄙小人。你跟妈妈去了波士顿。”

凯勒被人用很多词骂过，很多，很多，但是“卑鄙小人”却不在其中。这出乎他的意料，他差一点就觉得好笑了。“如果我真的在跟西格丽德约会呢？”他说，“这就意味着你应该到这里来，踢翻我的垃圾筒？”

“我从没想过你会借我钱。”布拉德嘟哝着，又把拇指伸到了嘴边，“我没有……我凭什么认为，就因为你买了十二美元的彩票，你就会把那么一笔钱借给我呢？”

“我不明白这种逻辑，”凯勒说，“如果我是敌人，那你到底为什么要来找我？”

“因为我不知道。我有一半时间都不知道我爸爸想说什么。我爸爸是个大疯子，你知道吗？应该有人把他用一个粗麻布袋装起来运走，扔到离这儿很远的地方再放他走，这样他就能跟他那些宝贝火鸡一起生活了。”

“我能理解你的郁闷心情，”凯勒说，“对我来说，恐怕跟世界上所有的问题相比，把火鸡放生都不算头等大事。”

“为什么？因为你有个疯子老爸？”

“我不明白。”凯勒说。

“你说你了解我的感受。是因为你也有个疯子爸爸吗？”

凯勒想了一下。回想起来，他父亲在去世前那一年变得很孤僻，显然是因为抑郁，而不是衰老。他说：“他是个很好的人。勤奋，虔诚，很慷慨，即使他没有太多钱。他和我母亲的婚姻很幸福。”他惊讶地发现这些话听起来都是对的：多年来，在修订父亲历史的过程中，他本以为所有的一切都是假面，可是现在，他自己也老了一些，他更倾向于认为，人们的不快乐很少是由别人导致的，也很少能由别人缓解。

“我到这里来踢翻了你的垃圾筒，还拔掉了一丛你刚种的花。”布拉德说。

这男孩真是意外连连。

“我会再种回去的。”布拉德说。他好像突然快要哭了。“就是房子边上那丛，”他声音颤抖地说，“周围有新土。”

没错。就是凯勒想到的那丛。最近的一个早晨，雨后，他挖出那丛杜鹃花，栽在了阳光更充足的地方。这是他印象中这么多年来挪动的第一样东西。苏·安妮走后，他在花园里几乎什么也没干过——真的，什么园艺活儿也没干。

“好，我想你是该那么做。”他说。

“要是我不做呢？”男孩尖叫道。他的声音突然完全变了。

凯勒皱起眉头，被这突如其来的变卦吓了一跳。

“要是我喜欢我在这儿干的事呢？”男孩说。

突然有一把枪对准了凯勒。一把手枪，瞄准了他，就在他的起居室里。突然，在他的头脑甚至还未反应出那东西的名字时，他已经一跃而起。就在他擒住男孩，把枪从他手中扳开的时候，枪走火了。“你们都是操他妈的疯子，你也是，跟那个婊子约会！”布拉德尖叫。就这样，因为这么多声尖叫，凯勒知道他没有杀死这男孩。

子弹穿过了凯勒的前臂。是一处“干净的伤口”，急诊室大夫会这么讲，大夫的表情显示他没有意识到这个描述包含的讽刺。凯勒以一股惊人的力量，用没受伤的那条胳膊把男孩压在地毯上，而另一条胳膊正在流血，血染在甜甜圈的纸袋上。然后，搏斗结束了，凯勒不知该如何是好。似乎他们会永远保持那个姿势，他把男孩按在下面，一个人或另一个——还是他们两个人？——在尖叫。也不知是怎么办到的，他用受伤的胳膊和好的胳膊一起把布拉德拉起来，他把这个突然变得死沉的哭泣着的男孩紧紧钳在身子一侧，拖到电话旁，然后拨了 911。后来，他才知道他打断了男孩的两根肋骨，而那颗子弹只差几分之一英寸就会击中他前臂的骨头，不过伤口要缝半打痛死人的针才会愈合。

凯勒在急诊室里满心惧怕地等着西格丽德的到来。他的世界很早以前就已经上下颠倒，他练就了几手花哨的杂技，以便保持直立，而西格丽德还只是个初学者。他记得就是那天晚上，他本想到她家去的，那天晚上他还有可能在那儿过夜。所有的一切原本可能会非常不同，但是却没有。还有这种想法：就像他妻子曾经嫌他低估了女儿脸上的瘢痕的严重性，西格丽德会不会认为事情变得如此极端也是他的错？在别人责备他时用的很多词中，有一个词是“**惹人生气**”。这是他女儿最喜欢用的词。她甚至不再费心寻找富有新意的词来形容他的缺点。他是**惹人生气**。即使是她也不会接受“卑鄙小人”这个表述。不，他是**惹人生气**。

在灯光明亮的房间里，他们坚持要他待在轮床上别动。袋子里的液体正一点点滴进他的胳膊。西格丽德——西格丽德来了！——她哭个不停。律师陪她来的，一个年轻人，亮亮的蓝眼睛，和他年龄不相称的过于纠结的眉头，他看起来慌乱不堪，不宜担当任何事务。他这样陪在她身边，是因为他善良，还是他和西格丽德之间有点什么别的情况？凯勒发现，他跟西格丽德在感情上没有进一步发展，这一点并没有免除她的痛苦。又一次，他把一个女人置于伤心绝望的境地。

感情创伤是一件奇怪的事，因为你可能意识不到它的存在，就像潜伏在体内的病变细胞（在医院里有这种念头再自然不过了），或是土地深处的植物球茎，只有被具有穿透力的温暖太阳搅动时，才会破土而出。

凯勒记得琳摇篮上的太阳——不，是月亮。那个计划放三个婴儿，却只放了一个的摇篮。他跟产后抑郁的苏·安妮提议，回去上学，拿下艺术史的学位，然后去教书。他想让她拥有同事，还有朋友。因为他自己不是一个很好的朋友。噢，当然，**有时**算是。为某个需要去看临终朋友的人买张机票，这是多好的姿态。这是多么讽刺啊，在他买机票的同一天，他自己也可能死掉。

西格丽德穿着那件灰色的毛衣，戴着镶有十字架的项链。她儿子让她的世界分崩离析。而凯勒也帮不了她：他甚至不愿考虑试着帮她把世界拼接完整。国王的所有骏马，国王的全部班底……就是罗伯特·佩恩·沃伦[1]也不能把西格丽德重新拼好。

凯勒以前试过这些：良好的意图，良好的建议，而他妻

1　罗伯特·佩恩·沃伦（Robert Penn Warren，1905—1989），美国诗人、小说家、“新批评派”文艺批评家，《国王的人马》（*All the King's Men*）是他的小说代表作。

子尖叫着说，不管她怎么做，永远不够，永远不够，好吧，也许她向他显示出她所拥有的力量就够了——他用他的冷嘲热讽、他的喜剧旁白，还有他无休无止的含糊其辞都没有消耗完的力量——她把台灯往地上扔，把他的打字机往墙上摔（墙上的裂痕还在），把电视机扔出窗户。这些想法都是后来解释给他听的，因为她显示她那非凡的力量时，他不在家。那些松鼠吃掉了每一颗球茎。那个春天不会再有一棵郁金香开花了。他怀疑并非如此——松鼠当然不会挖掉**每一颗**球茎——但是她没有心情跟他理论。再说，还是有一些规则的，他在婚姻中扮演的不是谦和礼让的角色，而是要**惹人生气**。他女儿曾经这么说。

她也出现了，他的女儿。她冲到他身边，由一个护士陪着。是这同一个人，曾经被裹在粉红色的毯子里拿给他看，现在几乎和他一样高了，她的脸那时候有皱纹，现在也有皱纹。

“别眯着眼看，”他说，“戴上你的眼镜。你还是一样漂亮。”

他快速站起来，想让她看到他没事，这一举动让护士和医生愤怒地冲到他旁边。他说：“我没有健康保险。我要求出院。枪的子弹出膛，我也应该出院[1]，这才公平。”

1　英语中“出膛”和“出院”是同一个词“discharge”，这边凯勒又在玩文字游戏。

护士说了些什么，他听不清。他站着要用劲，这让他头昏眼花。房间另一头，西格丽德成了重影，模糊不清。琳在否定他刚说的话，用一种刺耳的声音向每个人说明他当然有健康保险。医生相当坚决地把他送回轮床，现在有很多双手在他的胸前和腿上绑带子。

“凯勒先生，”护士说，“你进医院前流了不少血，我们需要你躺下。”

“而不是起来？”他说。

医生正要离开，又转身回来。“凯勒，”他说，“这里不是急诊室，在那儿我们会为你做任何事。在这儿，护士不是给你的喜剧配戏的角儿。”

“显然不是，”他飞快地接话，“我们猜她是一个女人[1]。”

医生的表情没有任何变化。“我上医学院的时候认识一个像你这样自作聪明的家伙，”他说，“他应付不了学业，就编了一套滑稽台词，打趣自己考试不及格。最后，我成了一名医生，而他还在自言自语。”他走开了。

凯勒马上就准备好了反击，他在脑海里听见了自己的词，但嘴唇却无法造型来说出这些话。他身边最亲最近的人

1　这里凯勒在玩文字游戏，前文中的“给喜剧配戏的角儿”原词是“straight man”，这个词同时有“异性恋男人”的意思，因而凯勒打趣说“她是一个女人”。

一直期盼的事情终于发生了：他擅长言辞的恐怖才华这一刻终于消停了。真的，他疲倦得说不出话来。

最亲最近这个短语让他陷入了回忆，想起了那头鹿，消失在好莱坞山中的那头鹿。他自己的守护天使，恰好也是有疥癣的[1]，蹄子紧紧地抵住地面，而没有轻如薄纱的翅膀将它向上托举。他闭上了眼睛。

凯勒睁开眼睛的时候，他看到女儿正俯视着他，缓缓地点着头，一个试探的微笑像一个括号在她嘴角轻轻颤动，他觉得这个括号里可能包含这样的信息：是的，曾几何时，他能够轻易地让她安心，就如同她的信任也让他安心。

他心怀感激，尝试展露他最出色的杰克·尼克尔森式的笑容。

1 “有疥癣的”（mangy）一词此处为双关语，“mangy”在口语中还有卑鄙低贱的意思，凯勒之前曾被西格丽德的儿子骂作“卑鄙小人”，所以他会有此联想。

查找和替换

这是真事：我父亲圣诞节当天在一所临终关怀医院去世了，那时候医院大厅里有一个穿着黑色大靴子、蓄着胡须的小丑，正在表演小丑版圣诞老人的节目，以此娱乐一个与我父亲生前交好的老人，他得了肌肉萎缩症，时日不多了。我不在场，我当时在巴黎做一个关于旅行艺术正在分解的报道——是我侄子贾斯珀帮我找的一份差事，他在纽约一个广告公司工作，那个公司对于顾问的迷恋比朱莉娅·查尔德[1]对鸡肉的迷恋更甚。这些年来，贾斯珀帮我谋得这些差事，让我在写作《我不会说出名字的美国伟人》时得以维持生计。

我很迷信。比如说，我想过虽然父亲身体不错，但是我一出国他就会去世。他真的去世了。

在七月一个全球变暖的日子，我飞到麦尔斯堡，然后租了一辆车，往我母亲家开去，我们要纪念（这是她的术语）我

---

1 朱莉娅·查尔德（Julia Child，1912—2004），美国著名厨师、作家、电视人物，因通过《掌握法式烹调艺术》一书把法式菜肴推荐给美国大众而闻名。

父亲过世六个月。其实是七个月，由于我在多伦多为HBO的一部电影选址，六月二十五号不可能赶回来，而我母亲认为，最能体现敬意的做法是等到一个月后的同一天再操办。我不会问我母亲一大堆问题，如果我做得到，我就按照她说的做，以求太平。作为母亲，她不算苛求。大多数要求都很简单，关系到她对礼数周全的理念，总是集中在写便条这件事上。我有些朋友非常担心他们的父母，每个周末都去探望；还有些朋友每天都给家里打电话；有的帮父母修剪草坪，因为找不到人去干。至于我母亲，问题往往是：我能给佛恩斯太太寄一张吊唁卡，对她家的狗不幸离世表示慰问吗？或者，我能做件好事，给纽约我家附近的一个花店打电话，要他们给我母亲的一个朋友送一束花庆祝生日吗？因为跟不熟的花店订花可能会是一场灾难。我不买花，在韩国集市上都不买，不过我四处打听了，后来听说送到那个朋友家门口的花是非凡的成功。

我母亲的朋友成千上万，是她让贺卡业维持运转。如果真有土拨鼠日[1]的问候卡，她很可能真的会给别人寄一张。

1　土拨鼠日（Groundhog Day），北美地区的一个传统节日，每年2月2日美国和加拿大很多小城和村庄都会庆祝。在传说中，土拨鼠担负着预报时令的任务，如果它在这天可以看到自己的影子，北美的冬天还有六个星期才能结束；如果它看不到自己的影子，预示着春天很快就要来临。

还有就是，好像从来没有哪个人会从她生命中消失（除了我父亲这个引人注目的例外）。她跟十五年前住斯威夫特家庭旅馆时为她打扫房间的女仆还有贺卡往来——而我父母只在那儿待了一个周末。

我知道我应当心怀感激，她是一个如此友善的人。我的很多朋友都在哀叹，他们的父母和每个人都能发生争执，要么就是完全不善交际。

于是：我从纽约飞到麦尔斯堡，坐巴士到租车公司。让我无比欣慰的是，上车点火的那一瞬间，空调就开始吹冷风了。我把身子往后仰，闭上眼睛，开始用法语从三十倒计时，开车前我需要放松神经。然后，我放上吵闹的音乐，调好重低音，出发。我摸了摸方向盘，看有没有自动控速装置，因为只要再吃一张罚单，我的保险就会被吊销。或许可以让我母亲写一张彬彬有礼的便条，为我说情。

不管怎样，我这个故事所有的预备程序不过如此：旅途中半路上几乎注定要下的五分钟急雨，那些美丽的桥，放出大力神般臭屁的死卡车。我开到维尼斯，和着米克·贾格尔[1]唱《驮畜》。我开到我母亲住的那条街，那儿似乎是全美

1 米克·贾格尔（Mick Jagger），英国歌手、音乐人、演员，“滚石”乐队创始成员之一。

国唯一一段由上帝直接守护的路，只有四分之一英里长。我以一个开着装有雷达的汽车的佛罗里达警察的眼光，把自动控速设为二十公里每小时，慢慢滑进她的车道。

天热成这样，我母亲还在外面，她坐在草坪椅上，椅子周围环绕着一圈盆栽的红色天竺葵。见到母亲我总是很迷惑。不管什么时候，一看到她我就六神无主。

“安！”她说，“哦，你累坏了吧？坐飞机很难受吧？”

其中的潜台词让我很郁闷：这种预设是，到达任何地方都要经过地狱般的折磨。事实上，也确实如此。我坐的是全美航空的班机，座位在最后一排最后一个，每一次箱子砰砰地撞击行李舱的时候，我的脊梁骨都会痛苦地震颤。我的旅伴是一个肥胖的女人，带着她不停扭动的婴儿和十来岁的儿子。那男孩不愿意好好坐着，他尖叫，乱动，打翻了我的苹果汁，这时她就拧他的耳朵。我只是沉默地坐着，我能感觉到我过于安静了，让每个人都很崩溃。

我母亲的脸还是很粉嫩。父亲去世前不久，她去找皮肤病专家做了微晶磨皮手术，去除了嘴唇上方一个小小的恶性皮肤瘤。她戴着必不可少的宽边帽，一副船王奥纳西斯式的墨镜。她还是标准着装：前面多一片布的短裤，因此看起来像穿着短裙；饰有亮片的T恤，今天的图案是一只黑耳朵闪闪发亮的狮子，在我看来，鼻子的颜色是对的。狮子眼睛，你以为会用亮片，却被涂了颜色。是蓝色。

“爱你。”我说着拥抱她。我学会了不回答她的问题。“你就在外面太阳底下坐着等我吗？”

同样，她也学会了不回答我的问题。“我们可以喝点柠檬汽水，”她说，“保罗·纽曼做的[1]。还有那个人的番茄大蒜调味汁——我后来自己再也不做了。”

意外几乎马上就来，就在她把一叠纸塞进我手里之后：她想让我看的朋友写给她的感谢信；一封她看不明白的关于即将到期的杂志订阅的信；一份她拿回来的吸尘器广告，想听听我的意见；两张她十年前买的百老汇歌舞剧票，她和我父亲从未使用（问我做什么呢？）；还有——最有趣的是在纸堆底下——有一封来自德雷克·得雷奥戴德斯的信，是她的邻居，信中说让她搬过去和他同住。“还是买吸尘器吧。”我说，想开个玩笑打岔。

“我已经回复了，”她说，“你要是知道我说了什么也许会很惊讶。”

德雷克·得雷奥戴德斯曾在我父亲的追悼会上致辞。

1　演员保罗·纽曼（Paul Newman）与作家 A. E. 霍奇纳（A. E. Hotchner）共同创立了“Newman’s Own”食品公司。

在那以前，我只见过他一次，当时他拿着一个金属探测仪在我父母的草坪上走来走去。噢，不对，我母亲提醒说，有一次我跟他在药店里攀谈过，我和她经过那里给父亲买点药。他是一个药剂师。

“唯一会让我惊讶的就是你做出了肯定的回答。”我说。

“‘肯定的回答’！瞧**你**说的。”

“妈，”我说，“告诉我你都不会花一秒钟去考虑这事儿。”

“我考虑了几天，”她说，“我认为这是个好主意，因为我们很合得来。”

“妈，”我说，“你在开玩笑对吗？”

“你对他了解更多一点就会喜欢他。”她说。

“等等，”我说，“这个人你几乎都不了解——还是我太幼稚了？”

“哦，安，到了我这岁数，你就不一定想把别人了解得那么清楚了。你想要的只是合得来，你可不能让自己再卷进那些已经演完的剧情了——人年轻岁月里的那些故事。你只是想——你想要你们合得来。”

我坐在我父亲的椅子上。扶手上让他抓狂的滑来滑去的垫布已经没了，取而代之的是一块颜色深些的布料，在以前垫布的位置。爸爸，给我一个信号，我心里想着，看着那亮闪闪的布料，好像它是个水晶球。我紧紧握着杯子，杯身上有水汽。“妈——你不可能是认真的。”我说。

她眨眨眼睛。

“妈——”

“我要住进他家了，他的房子就在这条街跟棕榈大道的夹角处。你知道，他们最开始建的那种大房子，搞分区制之前人们追着要这种大房子，竖起了那些没有个性的号码。”

“你要跟他一起住？”我难以置信地说，“可是你得保留这栋房子。你要保留的，是不是？万一要是事情没成。”

“你父亲认为他是个好人，”她说，“他们以前周三晚上玩扑克，我猜你知道。要是你父亲还在，德雷克还会教他怎么发电子邮件。”

“用一台，用——你没有电脑。”我傻傻地说。

“哦，安，我有时不明白你。好像你父亲和我就不能开车到‘电路城’买一台电脑——他本可以给你发邮件的！他为此感到很兴奋。”

“嗯，我不——”我似乎无法完成任何思考。我又重新开始。“这也许会是个大错，”我说，“他跟你只隔了一个街区，真的有必要搬过去和他同住吗？”

“你那时有必要去佛蒙特跟理查德·科林汉姆同住吗？”

我不知道该说什么。我一直在瞪着她。我微微垂下眼帘，看到了狮子的蓝眼睛。我把目光投向地板。新地毯。她什么时候买了新地毯？是她做出决定以前还是以后？

“他什么时候问你的？”我说。

“大概一星期前。”她说。

“他发邮件来说的吗？还是只给你写了个便条？”

“要是我们有电脑，他是可以发邮件的！”她说。

“妈，你对此真的是认真的吗？”我说，“到底是什么——”

“**到底**是什么，**哪一个因素**，是什么令人**绝对**信服的原因让你跟理查德·科林汉姆一起生活呢？”

“你为什么总是说他的全名？”我说。

“大多数我认识的老太太，她们的女儿要是知道母亲记得她们男朋友的大名都会高兴，更别说是姓了。”她说。“年事已高的老太婆们。是的。我自己也烦透了她们。我明白是什么把孩子们逼疯的。但是我不想因此沾沾自喜。我想告诉你，我们打算在他那儿住一段日子，不过我们在认真考虑搬到图桑去。他跟他儿子非常亲近，他在那儿做建筑师。他们**每天**都打电话，**而且**还发邮件。”她说。她从不责备人，我想她只是在强调。

而就在不久以前，我还在数着法语的三、二、一放松情绪，跟米格·贾格尔一起唱歌，朝着我母亲家一点一点开去。

“不过这些事不该打搅纪念你父亲的日子，”她几乎是在低语，“但我想让你了解，我是认真的：我觉得你父亲看我跟德雷克合得来会开心的。我内心深深地感觉到是这样。”她敲了敲狮子的脸。“要是可以，他会祝福我们。”她说。

“他就在附近吗？”我说。

“你听听，开玩笑说你父亲不在我们中间，这样对他不敬！”她说，“安，这是最差的品位。”

我说：“我是说德雷克。”

“噢，”她说，“我明白了。是的。对，他在。不过现在他去看下午场电影了。我们觉得你跟我应该私下里聊这些事。”

“我猜他会跟我们一起吃晚饭？”

“其实他要去看萨拉索塔的几个老朋友，他知道你要来之前就定好的一个饭局。你知道，一个人仍然和老朋友有来往，这是对他本人最好的证明。德雷克跟老朋友来往很多。”

“那好，对他正好。他有他的社交生活，你跟他又合得来。”

“你的话有点讽刺——你总是这样，”母亲说，“你也许可以问问自己为什么跟那么多朋友都疏远了？”

“这成了批评我的时机，对吗？顺便说一句，我明白，你暗示不理解我跟理查德的关系——或者是不理解我跟他分手的原因，你也是在批评我。我跟他分手是因为他和他一个十八岁的学生皈依了科学真理教[1]，他问我想不想跟他们一起坐面包车去圣莫尼卡。他们出发以前，他把猫扔给了动物收容所，所以我猜我不是唯一一个受到怠慢的。”

“哦！”她说，“我都不知道！”

“你不知道是因为我从没跟你说过。”

“哦，那对你来说很恐怖吧？你事先想到过吗？”

她当然是对的：我把太多朋友抛在了身后。我告诉自己那是因为我旅行得太多，因为我的生活如此混乱。可是，其实，也许我自己就应该多寄几张卡片；还有，也许我本应注意到理查德总是拈花惹草。镇上的每一个人都知道。

“我想我们可以喝点保罗·纽曼的柠檬汽水，然后吃甜点的时候，我们可以把那些祈祷用的小灯点亮，静默一会儿，悼念你父亲。”

1　科学真理教（Scientology），也译作“山达基教”，是1952年美国科幻小说作家哈伯德（L. Ron Hubbard，1911—1986）创立的一个教派，旨在寻求自我了解和提升精神境界，宣称能使信徒发挥人的最大潜力。该教派常被认为是邪教。

“好。”我说。

“我们需要去杂货店买点蜡烛，”她说，“那一晚德雷克和我喝香槟为我们的将来干杯，把蜡烛都点完了。”她站了起来，戴上帽子。“我来开车。”她说。

我拖拖拉拉跟在她身后，就像卡通片里的小孩子。我能想象自己在踢土。一个她几乎不了解的人，这是我最意料不到的。“那跟我说说事情的梗概吧，”我说，“他给你写了个便条，你回了信，然后他就过来喝香槟了？”

“哦，算了吧，不见得是什么伟大的罗曼史，”我母亲说，“可是人已经厌倦了那些起起伏伏。到这个阶段，你需要的就是让事情变得简单一点。事实上，我没有给他回信。我考虑了三天，然后就直接去敲他的门了。”

蜡烛是肉桂香味的，让我觉得嗓子发紧。开始吃饭的时候，我母亲点起蜡烛，等到吃完饭，她似乎已经忘记了谈论我父亲。她提起一本她在读的有关亚利桑那州的书。她提出要给我看一些照片，但是也忘记了。我们在电视上看了部关于一个将死的芭蕾舞女演员的电影。她死前想象着自己跟一个明显是同性恋的男演员跳了一曲双人舞。我们吃了M&M巧克力豆，我母亲总认为那不是真正的糖果。我们早早上了床。我睡在折叠沙发上。她让我穿上她的睡衣，说德雷克早上可能会来敲门。我轻装旅行：牙刷，没有睡衣。德雷克第二天早上没来敲门，但是他在门底下留了一张字条，说他的车出了问题，他会在修车铺。我母亲看起来很难过。“也许你走之前会想给他写一张小小的便条？”她说。

“我能写什么呢？”

“这个嘛，你不是给角色编对话的吗？你想象自己会说点什么？”她把手放在嘴唇上。“没关系，”她说，“如果你真的要写，至少让我对你写了什么有个概念，我会很感激的。”

“妈，”我说，“请代我向他致以最美好的祝福。我不想写便条。”

她说：“他的邮箱是 DrDrake@aol.com，如果你想发邮件的话。”

我点点头。只点头是最好的。我觉得我可能也到了她说的那个阶段，有种压倒一切的欲望，想让事情更简单。

我们拥抱，我亲吻她精心保湿的脸颊。我把车开出车道的时候，她走到前院草坪上朝我挥手。

回机场的路上，来了一场突如其来的阵雨，我被迫停在了路肩上，这时候我心想，有个牧师可供召唤显然是有用的。

我觉得我母亲需要的是某个介于律师和心理医生之间的人，牧师最是完美。我脑海中浮现出一个面无表情的罗伯特·德尼罗穿着牧师的衣服，而辛迪·劳珀在一旁唱着关于女孩只想找点乐子的歌。

可是，我的离开并不像我希望的那么快。回到租车场，我的信用卡被拒了。“可能是因为我用了手持刷卡器，”那个年轻人对我说，为了掩饰我的尴尬，或是他的，“你还有别的卡吗，或者你愿意到里面再刷一次吗？”

我不知道卡会有什么问题。是美国运通卡，我总是即时付款，不想因为迟付而失去会员积分。我稍微有些担心。我前面只排了一个女人，柜台后面的两个人商量完事以后，都转向了我。我选了那个年轻人。

“我在外面刷卡时有点问题。”我说。

那个人拿过卡刷了一下。“现在没事了，”他说，“我很荣幸地告诉你，只要一天多付七美元，我们就可以为你升级到福特野马。”

“我是来还车的，”我说，“外面的机器读不了我的卡。”

“谢谢你的提醒。”年轻人说。他戴了一块胸牌，姓名上方写着“实习生”。他的名字写得更小，叫吉姆·布朗。他有张和善的脸，以及糟糕的发型。“那么你还是用美国运通卡付？”

一个年长一点的男人朝他走过来。“怎么了？”他问。

“这位女士的卡被拒了，不过我又刷了一次，没有问题。”他说。

年长的男人看着我。屋里面凉快一些，可我还是觉得好像要融化了。“她是还车，不是租车？”男人问，好像我并不在场。

“是还车，先生。”吉姆·布朗说。

事情开始变得没完没了了。我伸手去拿收据。

“野马是怎么回事？”男人说。

“我误以为——”

“我跟他提到我多么喜欢野马。”我说。

吉姆·布朗皱起眉头。

“事实上，我很动心，马上就想租一辆。”

年长的人和吉姆·布朗都怀疑地看着我。

“女士，你是来还马自达的，对吗？”吉姆·布朗边说边查看着收据。

“是的，不过现在我想租一辆野马。”

“写一辆野马，再加九块钱。”年长的人说。

“我给她的报价是七块。”吉姆·布朗说。

“让我看看。”那个人在键盘上敲了几个键。“七块。”他说着走开了。

吉姆·布朗和我一起看着他走开。吉姆·布朗凑近一点，低声说：“你是为了帮我吗？”

“不，完全不是，只是想到开一天野马也许很好玩。也许要一辆敞篷的。”

“特价只限于普通野马。”他说。

“只是钱的问题嘛。”我说。

他敲了一个键，看着显示器。

“一天，明天还？”他说。

“对，”我说，“我能挑颜色吗？”

他长了一颗歪门牙。这颗牙，还有他的发型，让人分心。他的眼睛很美，头发颜色也很好看，像小鹿的毛色，可却是牙齿和参差不齐的刘海，而不是他的优点吸引了你的注意。

“有一辆红色的，两辆白色的，”他说，“你不需要赶回去上班吗？”

我说：“我要红色的。”

他看着我。

“我是自由职业。”我说。

他微笑了。“也很冲动。”他说。

我点点头。“做自己老板的特权。”

“哪一行？”他说，“当然，这不关我的事。”

“吉姆，需要帮忙吗？”年长的人说着从他身后过来。

吉姆的反应是低下头开始敲键盘。这更让他显得学生气了：他咬着下唇，专心致志。打印机开始打印收据。

“我以前因为冲动惹过麻烦，”他说，“后来我被诊断出有注意力缺陷障碍。我祖母说：‘看，我告诉过你，他是忍不住。’她一直跟我妈那么说：‘忍不住。’”他使劲点点头。他的刘海在前额上跳动。要是在屋外，他的刘海就会贴在皮肤上，不过屋里有空调。

他提到注意力缺陷障碍，这让我想起那个肌肉萎缩症患者——我从来没见过的那个人。我脑海里那个大脚丫、圆头鼻的小丑形象变得更加清晰了。我现在深呼吸的时候，喉咙里还有肉桂味。我拒绝了承保范围的所有选择，在每一个“X”旁边签上我名字的首字母。他看着我草草涂上的签名。“写什么类型的东西？”他问，“悬疑吗？”

“不。是发生的真事。”

“人们不会生气吗？”他问。

年长的人正往柜台那一头的女人那儿逼过去。他们俩尽量装出没在刻意观察我们的样子。他们俩低语着，头凑在一起。

“人们认不出自己来。而且，万一他们认出来了，你只要在电脑上操作，用一个名字替换另一个名字就行了。所以在最终的版本里，每一次‘妈妈’这个词出现的时候，都会被‘秋海棠婶婶’或其他什么词替换掉。”

他把文件放进文件夹时弄皱了这些文件。“A-8，”他说，“出门右转，靠着围栏往前走。”

“谢谢，”我说，“谢谢你的好建议。”

“没什么。”他说。他似乎在等待什么。在出口处，我回头看了看，当然，他也在看我。还有那个年长的人，还有那个跟他说话的女人。我没理他们。“你不会在电脑上改变设置，把‘野马敞篷’替换成某辆慢吞吞的杰奥·米特罗[1]吧？”

“不会的，女士，”他微笑着说，“我不知道怎么替换。”

“这很容易学。”我说着给了他一个最动人的笑容。我走到停车场去，热气从沥青路面蒸腾上来，我觉得双脚好像是在一个抹了很多油的平底锅上滑动。钥匙在车里。这辆车看起来完全不像老款的野马。红色十分鲜艳，看起来有点不舒服，至少是在一个这么热的日子里。车顶已经放下来了。我转动钥匙，看到车的里程少于五百英里。座位足够舒适了。

1　杰奥·米特罗（Geo Metro），铃木为美国市场设计的经济车型。

我调整后视镜，系上安全带，把车开到出口，丝毫没有打开收音机的欲望。“靓车！”小亭子里的男人说着检查了文件夹，又递了回来。

“刚才一时冲动租下的。”我说。

“这样最好。”他说。我开走的时候他敬了半个礼。

然后我才意识到这无情的现实，我只能跟她讲道理，我只能用尽一切手段，其中包括侮辱她伟大的好友德雷克，好让他不要从经济上抽干她，从情感上摧毁她，利用她，支配她——谁知道他葫芦里卖的是什么药？他对我避而不见是故意的——他不想听我要说的话。他是怎么想的？她那忙碌的女儿会按照计划轻易地消失？还是她也许会非常开明，对他们的计划感兴趣？还是他认为她可能是个没用的东西，跟她母亲一样。谁知道这种男人会怎么想。

我超速了，警察让我把车停到路边，我没有紧急刹车，他便拉响了警笛。他开车追过来的时候，我从后视镜里看到他眉头紧皱。

“我母亲就要死了。”我说。

“驾驶证和登记表。”他透过那种警察最喜欢的反光太阳镜看着我说。我在镜片上看到一个极小的我，好像是镜片上的一点污迹。我确实超速了，因为过分担心，毕竟这是一个糟糕的情况。最简单的回答就是说我母亲要死了。用“要死了”替换“脑子坏了”。

“野马敞篷，”警察说，“母亲要死了还租这样的车。”

“我过去有一辆野马。”我忍住眼泪说。我说的也是实话。我从佛蒙特搬走的时候，把车留在了一个朋友的谷仓里，过冬的时候屋顶塌了，车身损坏严重，不过反正车架早已锈烂了。“是我父亲1968年买给我的，为了贿赂我读完大学。”

警察努了努嘴唇，直到换上一副完全不同的表情。我看到自己在镜片上的映象在轻轻颤动。警察碰了碰他的墨镜，鼻子里哼了一声。“好，”他说着退后一步，“我打算给你一个警告，放你走，为的是督促你**按标示的速度行驶**，尊重自己和别人的生命。”

“谢谢你。”我真心诚意地说。

他又碰了碰墨镜，把警告单递给我。我是多么幸运。多么，多么幸运。

一直等到他回到车里，疾驰而去以后，我才看那张纸。他没有在任何一个方框里打钩。相反，他写下了他的电话号码。好啊，我想，如果我杀了德雷克，这个号码倒是能用得上。

我也玩了一个自己的小游戏：用**吉姆·布朗**替换**理查德·科林汉姆**。

他大概二十五岁，也许比我年轻三十岁。这是会受到谴责的，几乎跟理查德找那个十几岁的女孩一样。

我开回到桥上，取道第一个去维尼斯的出口，开过总是关着门的“果园之屋”，永远在延伸的大商场让人郁闷不已。

我母亲，又坐在草坪椅上，读着报纸，但是现在汽车经过的时候她都不抬眼看了。我清楚地记得多年以前，我和父亲开着一辆水绿色的野马敞篷车拐上我们家在华盛顿的车道时她的表情。她大吃一惊。那么吃惊。她一定是在想开销。也许还想到了危险。

我母亲现在似乎不那么容易紧张了。显然，她自己，也可以相当冲动。我正要按喇叭，我母亲站了起来，花了一分钟站定，然后朝那屋子走去。她为什么弯着腰，走得那么慢？她早先是在假装手脚灵便吗，还是我没有注意到？门开了，一个男人——是德雷克，那就是他——站在门口，伸出一只手，等待着，他没有走下台阶，只是等待着。他直挺挺地站着，不过，即使慢慢地开着车，我也只瞥到他一眼：这个不是我父亲的男人伸出他的大手，而我母亲抬起她的手，好像一位淑女走上一段雅致的、铺着地毯的楼梯，而不是三级水泥台阶。

我没什么可说的了。一切都已经决定了。没有哪个词我说出来就能阻止他们两个。

我在接近街道尽头的时候左转，不想冒险第二次经过。我意识到如果有什么人在等待我的回音，大概是那两个人——那个男孩和那个警察——如果不是第三个什么人（我母亲也许希望我为关于德雷克的恐怖警告而道歉）。我本可以打个电话，让这个夜晚沿着完全不同的方向发展，但是现在，每个人都会明白我为什么做出相反的决定。

你没法不明白。首先，因为这是事实，其次，因为每个人都知道事情是如何变化的。事情总是在变化，即使是在很短的一段时间里。回到麦尔斯堡，一切业务都是公事公办：租车公司的职员换班了，于是我打开车门出来的时候，只有一个例行公事的问题：车况是否正常。

兔子洞是更可信的解释

我母亲不记得被邀请过参加我的第一次婚礼。这是我去化验室接她的时候，我们聊天聊到的，她在那儿抽血，检查服药后的情况。她坐在一把橘色的塑料椅上，教旁边的男人如何填笔记板上的表格，我可不确定那个男人需不需要她的建议。很明显，我还没来的时候，她告诉他我没有邀请她参加我的任何一次婚礼。

“我不明白你为什么要送我来抽血。”她说。

“医生让我预约的，不是我送你来的。”

“好吧，你可迟到了。我坐在这儿一直等啊等啊。”

“妈，你比预约的时间早到了一个小时，所以你在这儿待了这么久。护士给我打电话后十五分钟我就到了。”我的语气专断而又谄媚。两种语气彼此消解，真正交流的东西很少。

“你听起来像是佩里·梅森[1]。”她说。

1 佩里·梅森（Perry Mason），美国哥伦比亚电视台1957—1966年间播出的一部同名法庭电视剧的主人公，是一个虚构的洛杉矶辩护律师。

“妈，那边有个人要过去，你挡着她了。”

“噢，很抱歉我挡着别人了。他们可以按喇叭，上另一条道儿。”

医院过道上，一个女人快步绕过我母亲，差点撞上迎面而来的一队轮椅：四把轮椅，几乎把过道占满了。

“她开一辆跑车，那个人，”母亲说，“你总能看出来。不过看她那身材，她怎么能挤得进去？”

我打算不理会她的话。她戴着一对圈圈耳环，额头上有一点擦伤，颧骨上贴着创可贴。她的脸有点像一个障碍赛场。“谁去把车给我们开过来？”她问。

“你看还有谁？你就坐在大厅里，我会把车停到车道上。”

“一辆车会让你不停地预设未来，是不是？”她说，“你得想象一切：怎么开出停车场，开上你的车道，怎么应付往来的车流。还有，有一次你记得吧，你刚开到车道上，有一男一女站在马路正中间吵架，不愿让开路让你停车。”

“我的生活充满乐趣。”我说。

“我觉得你的新工作不适合你。你是一个多么美丽的女裁缝——有真正的、老式的才干——你干吗要用计算机干活，离开乡间那所可爱的房子，每星期五天开车到这个……

这个鬼地方。”

“谢谢你，妈，你比我表达得还要流畅——”

“你做好那些箭鱼演出服了吗？”

“是海星。我很累，昨晚我看电视了。现在要是你能坐在那边那把椅子上，一会儿就能看到我把车停在路边。风很大，我不想让你站在外面。”

“你总是有理由不让我待在外面。你害怕蜜蜂，对吧？自从你那次耙草时脚趾被蜜蜂蜇了以后，就对小黄蜂怕得要死——那种蜜蜂叫小黄蜂。你耙草的时候不应该穿凉鞋。下次耙草的时候穿双登山靴吧，要是你不能再找一个丈夫替你干活儿的话。”

“请别再对我说教了，还有——”

“去开车吧！最坏的可能是什么？我还得多站几分钟？我可不是白金汉宫外面的那些卫兵，他们必须目视前方，直到失去知觉。”

“好。你可以站在这儿，我会停在路边。”

“你开的什么车？”

“我从来都是开那一辆。”

“要是我没出来，你就进来接我。”

“好，那当然，妈。可是你为什么不愿出来？”

“SUV会挡住视线。它们直直地开上来，好像路牙子是它们家的。车窗还贴那种深色的膜，好像里面坐着丽兹·泰勒[1]，或是哪个黑帮老大。文莱的那个傻小伙儿——我怎么说起这个？我一定是想到了文莱苏丹。反正吧，刚才跟我聊天的那个人说，在纽约，他在一家酒店门口下出租车的那一刻，伊丽莎白·泰勒正从一辆豪华轿车里出来。他说她不停地把小狗从车门里递给每一个人。门房。行李员。她的发型师两条胳膊下各夹着一只。可那不是她的狗——是他自己的狗！他腾不出手来帮伊丽莎白·泰勒。结果那可怜的男人——”

“妈，我们得走了。”

“我跟你一起去。”

“你讨厌坐电梯。上次我们尝试过，可你不愿意走——”

“好吧，不过走楼梯不会要我的命，对吧？”

“我的车没有停在五层楼上。这样吧，你就站在窗边，然后——”

“我知道该怎么办。你跟我说了一遍又一遍！”

我举起双手，又放了下来。“一会儿见。”我说。

1　丽兹·泰勒（Liz Taylor），美国著名影星伊丽莎白·泰勒（Elizabeth Taylor）的昵称。

“是那辆绿色的车吗？是那辆我总以为是绿色的黑车吗？”

“是的，妈。我只有一辆车。”

“噢，你用不着那么说。我希望你永远不用了解犯点小糊涂是什么感觉。我知道你的车是黑色的，只是在阳光很强的时候，看起来有点发绿。”

“我五点回来。”我说完便走进了旋转门。我前面有一个人，双臂打着石膏，用前额顶着玻璃。才几秒钟我们就出来了。结果他转过身盯着我，满脸通红。

“我不知道我有没有推门，是不是转得太快了。”我说。

“我想该有个解释。”他闷闷不乐地说着走开了。

那个在过道里从我们身旁走过的胖女人在人行道上边打手机边等红灯。灯变绿的时候，她侧着脑袋往前走，好像紧贴她耳朵的手机在为她领路。她穿着一件不合身的运动夹克，一条烂大街的长裙，鞋子倒不花哨，肩上垂着一个小小的坤包。“我在你后面。”我母亲明确地说，在我往另一侧路牙走的时候，她在半路赶上了我。

“妈，那儿有电梯。”

“你为你母亲做得够多了！你不顾一切[1]，只能用吃午饭

1　母亲第一次用到“desperate”一词。

的时间过来。来接我是不是意味着你就吃不上饭了？你看我现在情况很好，你可以叫辆出租车送我回家了。”

“不，不会没饭吃，没问题。不过昨晚你叫我把你放到一个发型师那儿，你不是要去那儿吗？”

“噢，我想不是今天。”

“是今天。预约的时间是十五分钟以后。去找埃勒维兹。”

“我可不想跟一个曾在广场引起骚动的人同名[1]。你呢？”

“不想。妈，你在检票口等着好吗？我会开——”

“你主意可真多！你干吗不让我跟你一起去拿车？”

“坐电梯？你要进电梯？好吧，我没意见。”

“不是那种玻璃的吧，是吗？”

“有一面玻璃墙。”

“那么我会像那些女人一样。那些撞到玻璃天花板的女人。”

“我们到了。”

“这儿有股怪味。我就坐在椅子上等你吧。”

“妈，椅子在街对面。你现在在这儿。我可以把你介绍给检票亭的那个人，他负责收钱。或者你可以深吸一口气，

1 这里母亲用的典故来自以埃勒维兹（Eloise）为主人公的系列童书，书中六岁的小女孩埃勒维兹住在纽约城的广场酒店（Plaza Hotel）顶层的房间里。

跟我去坐电梯。好吗？”

电梯里有个穿西装的男人，替我们把着门。“谢谢你，”我说，“妈？”

“我喜欢你那个去小教堂的提议，”她说，“到那儿接我吧。”

那个人还在用肩膀抵着电梯门，眼睛看着地上。

“不是小教堂，是检票亭。就在那儿？你就待在那儿？”

“是的。在那儿，跟那个男人一起。”

“你看见那个人——”我走出电梯，门在我身后关上了。

“我确实看见他了。他说他儿子在拉斯维加斯结的婚。然后我说：‘我从没去过我女儿的任何一次婚礼。’他又说：‘她有过几次婚礼？’我当然如实相告。他就说：‘那你觉得怎么样？’我说，其中一次婚礼上有一条狗。”

“那就是你去过的那一次。我的第一次婚礼。你不记得你在艾比尼泽的脖子上系了一个领结吗？那是你的主意。”我牵着她的胳膊，领她往电梯那儿走。

“是的，我从一个美丽的花展上拿的，本来要在教堂里面布展，可是你和那个男人不愿进教堂。没有平地可站。你要是个穿高跟鞋的女人，那无论如何都是没地方站的，况且当时要下雨了。”

“那是个大晴天。”

“我不记得了。是外婆给你做的裙子吗？”

“不是，她提出要给我做，但我穿了一条我们在伦敦买的裙子。”

“真是绝望[1]。她一定很伤心。”

“她的关节炎那么严重，她几乎连笔都握不住，更别说是针了。”

“你一定伤了她的心。”

“好吧，妈，我们这样是上不了车的。你有什么计划？”

“马歇尔计划[2]。”

“什么？”

“马歇尔计划。我们那一代人不会嘲笑这个。”

“妈，我们最好再试试在检票亭旁边等的计划。你根本用不着跟那个人说话。你觉得怎么样？”

“如果我跟你上电梯，你反对吗？”

“不，但是这一次你说了要上来，就得上来。我们不能让别人整天给我们顶着门。别人有他们要去的地方。”

1　母亲第二次用到“desperate”一词。

2　马歇尔计划（Marshall Plan），第二次世界大战后美国宣布援助欧洲复兴的计划，1947年6月5日由美国国务卿马歇尔（G. C. Marshall）在哈佛大学的演讲中提出。

"听听你说的这些！这些道理再明白不过了，我不知道你为什么要说这些。"

她在查看她的小包。就在她的头顶下方，我能透过她的头发看到她的头皮。"妈。"我说。

"好，好，来了，"她说，"我以为我带了写有那个发型师名字的卡片。"

"是埃勒维兹。"

"谢谢你，亲爱的。你怎么不早说？"

我打电话给我弟弟蒂姆。"她情况更糟了，"我说，"要是你想在她还多少能应付的时候来看她，我建议你现在就订机票。"

"你不明白我的处境，"他说，"为了得到终身教职而战，为了这一篇论文要坐多少次飞机。"

"蒂姆，作为你的姐姐，我说的不是你的问题，我在——"

"她的身体走下坡路已经有一段时间了。上帝保佑你照顾她！她是个了不起的女人。我把所有功劳都给你，你是一个有耐心的人。"

"蒂姆，她一天天地在衰弱。如果你还关心——如果你关心她，现在就来看她。"

“我们说实话好了：我没那么深的感情，我也不是她最喜欢的孩子。这就是勒内的问题：我有过很深的感情吗？我是说，功劳！功劳归于你！你知道妈妈和爸爸怎么能合得来吗？他是一个隐士，她却是个交际花。她从不理解认真钻研书本的人，对吧？她是这样的吧？也许我是最后一个知道的。”

“蒂姆，我建议你圣诞节前来访。”

“这听起来有点过于不吉利了吧。我可以这么说吗？在我结束了无法向你转述的一天，刚刚回到家时，你来电话告诉我——你已经说过很多次了——她要死了，或者彻底发疯，然后你又说——”

“你保重，蒂姆。”我说着挂了电话。

我开车到我母亲的公寓去消磨时间，她这会儿在做头发。我进了起居室，发现花要浇水了。有两盆花是新到的，她住院做脚部手术时朋友送来的：一盆矮生玉吊钟，一盆小菊花。我冲洗了她可能早上用来喝咖啡的马克杯，在龙头下接满水。我给花浇水，用马克杯又接了两次水。我的弟弟在俄亥俄州一所大学反复思考着华兹华斯，而我在弗吉尼亚州我们长大的这个小镇照看我们的母亲，已经好多年了。如他所言，功劳。

“好，”医生说，“我们知道已经是时候了。对她来说，一个能满足她需要的环境要好得多。我只是在说生活协助[1]。如果有用的话，我愿意见她一面，跟她解释，说情况已经发展到了这一步，她需要一套更全面的支持体系。”

“她会说不要。”

“不管怎样，”他说，“你和我都很清楚，如果家里着火了，她自己是不能设法逃出去的。她吃饭吗？我们现在没法肯定她吃，是不是？她需要维持卡路里的摄入量。我们想要让她利用这些为她专门安排的资源，以最好地满足她的需要。”

“她会说不要。”我又说。

“我能建议你让蒂姆加入，作为支持体系的一部分吗？”

“忘了他吧。他已经两次没通过终身教职评审了。”

“即使如此，如果你弟弟知道她不吃饭——”

“你知道她不吃饭吗？”

“我们假定她不吃饭，”他说，“这是一个一发不可收拾的倒退。”

1　生活协助（assisted living），向需要一些日常生活照顾的老人提供住房和有限的照料的服务。

“假设我弟弟加入支持体系是不切实际的。你想让我承认我母亲很消瘦？好吧，她很瘦。”

“请你认同我的说法吧，不要——”

“为什么？因为你是医生？因为她在停车场的收费亭里捣乱让你很不高兴？”

“你告诉我她拉了火警，”他说，“她已经失控了！你应该面对现实。”

“我确定不了。”我说，我的声音在颤抖。

“但我能。我从小就认识你们。我记得你母亲做的巧克力曲奇，我父亲总是去你们家看她有没有做那些该死的曲奇。我知道父母无法照顾自己的时候有多艰难。我父亲那时住在我家，唐娜如此无微不至地照顾他，我对她感激不尽，一直到他……一直到他去世。”

“蒂姆想叫我把她送进俄亥俄州一家便宜的养老院。”

“想都不要想。”

“对啊，她还没有到需要去俄亥俄的地步。相反，我们应该把她送进这儿的监狱。”

“监狱。你要是假装我们在像漫画里的人物一样说话，那我们就没法严肃地讨论问题。”

我把膝盖蜷起来，抵住额头，并拢双腿，膝盖骨紧紧地顶住眼睛。

“我从米尔罗斯医生那里了解到你处境艰难。”心理治疗师说。她的办公室没有窗户，椅子风格不是很协调，反倒使人感觉愉快。“你为什么不来找我？”

“是这样，我母亲一年前中风了。有一些后遗症……不是说她以前没有犯过糊涂，但是中风以后，她以为我弟弟只有十岁。她有时还说些关于他的事，我听不懂，除非我想起来她总是真的认为他才十岁。她还以为我六十岁了。我是说她认为我只比她小十四岁！还有，对她来说，这是我父亲另有家庭的证据。我们这个家庭是后来建立的，我父亲之前另有家室，而我是他第一段婚姻的孩子。我六十岁了，而她中风发作，倒在高尔夫球场上的时候只有七十四岁。”

心理治疗师点着头。

“反正我弟弟是四十四岁——就要四十五了——最近她说的都是这些。”

“说你弟弟的年龄？”

“不，说她的发现。就是他们——你明白吗，另一个妻子和孩子——是存在的。她认为她是由于过于震惊才倒在第四洞的。”

“你父母婚姻幸福吗？”

“我给她看了我婴儿时期的相册，我说：‘要是我是另外一个家庭的小孩，那这是什么？’她说：‘是你父亲的另一个**诡计**。’她用的就是这个词。问题是，我不是六十岁。我到下星期才五十一。”

“有人完全依赖我们，这很不容易，是不是？”

“嗯，是啊。但都是因为她认为我父亲以前还成过家，才让自己那么痛苦。”

“你认为你怎么才能给你母亲最好的照顾？”

“她可怜我！她真的可怜我！她说她见过他们每一个人：一个儿子、一个女儿，还有一个女人，是他妻子，长得很像她，这似乎让她很难过。哦，我猜这让她很难过。当然，那不是真事，可我已经放弃了跟她说清楚的努力，因为在某种程度上，我觉得这在象征意义上是很重要的。她需要思考她自己的想法，但我实在是厌倦了她的想法。你明白我的意思吗？”

“跟我说说你的事，”治疗师说，“你一个人过？”

“我？对，我离婚了。我没跟我男朋友维克结婚，却嫁给了一个老朋友，这是个大错误。维克和我都谈婚论嫁了，可是我要照顾母亲，麻烦不断，我永远没法给他足够的关心。

我们分手以后，维克把所有的时间都给了他秘书的狗，班德拉斯。假如说他为此伤心，那他也是在狗公园里伤心。”

“你在‘宇宙计算机’公司上班是吗？这上面是这样写的。”

“是的。公司很关心员工的家庭。他们完全理解我要抽出时间为我母亲做事。我以前在一个室内设计店工作，现在还做些缝纫活计。我刚给朋友的三年级小学生班做了海星演出服。”

“杰克·米尔罗斯认为你母亲如果申请生活协助，对她会更有好处。”

“我知道，可是他不了解——他真的不了解——跟我母亲商量事情是什么情形。”

“如果真的跟你母亲商量事情，最坏的可能是什么？”

“最坏的？我母亲能把任何话题转移到那另一个家庭上去，无论我要说什么，都会被扯进这一团我无法认同的乱麻里，就是我父亲以前的人生。还有，你知道，她在谈话中从不提我弟弟，因为她认为他是个十岁的孩子。”

“你很有挫败感。”

“除此以外我还能有什么感觉？”

“你可以对自己说：‘我母亲中风了，她会犯糊涂，我无法改变这一切。’”

“你不明白。我绝对有必要承认另外这个家庭的存在，要是我不承认，我就完全失去了可信性。”

治疗师在椅子里挪了挪。“我能提个建议吗？”她说，“这是你母亲的问题，不是你的。你母亲因为中风而大脑受损，不明事理，你明白一些你母亲弄不明白的道理。你会引导一个不知道怎样应对这个世界的孩子，而你现在也面对着同样的情况——不管你母亲怎么想的——你必须做对她最有益的事。”

“你需要休个假，”杰克·米尔罗斯说，“如果我不是这周末当班，我会提议你跟唐娜和我一起去华盛顿看康克美术馆的那个展览，那些画中人物都活过来了。”

“我很抱歉我一直在为此麻烦你。我知道我必须做一个决定。只是我回到橡树医院的时候，看到那个女人把一个巧克力泡芙抹在了自己脸上——”

“很好玩。把这事儿想得好玩一点。孩子会把一切弄得乱糟糟的，老人也是。还有一个老太婆把鼻子伸进了糕点里。”

“是啊。”我说着喝干了杯中的金汤力。我们在他的后院。唐娜正在屋里做她拿手的炖小牛肘。"你知道吗，我想问你个事。有时她会用'不顾一切[1]'这个词。她会在意想不到的时候用这个词。"

"是中风的关系。"他说。

"可她是想描述自己的感觉吗？"

"说这个词的时候像是打了个嗝还是什么？"他拔出一棵野草。

"不是，她就是用这个词而不是别的词。"

他看着他揪起来的蒲公英长长的主根。"在南方，"他说，"这些东西的生长季长得恐怖。"他把它扔进一辆小推车，里面堆着从园子里耙出来的软塌塌的东西。"我不顾一切[2]想清除蒲公英。"他说。

"不，她不会这么用。她会说：'噢，你不顾一切地想请我吃饭。'"

"肯定会是这样。你在电话里没仔细听我说。"

"马上就好！"唐娜从厨房窗户里喊道。杰克举起一只手表示感谢。他说："唐娜正在做思想斗争，不知该不该告

1　这个词原文为"desperate"，除了"绝望的"，还有"极需要的、严重的、孤注一掷的"等意思。文中"我"的母亲因脑部损伤而不分语境错误地使用这个词。

2　医生也用了"desperate"一词，但他用得合适。

诉你，她看到维克和班德拉斯在狗公园附近打架。唐娜说，维克用棒球帽打班德拉斯的嘴，而班德拉斯摆出防御姿势，龇着牙。维克买的东西撒了一地。”

“真让人吃惊。我以为班德拉斯不会犯错。”

“嗯，事情总会变的。”

隔壁的院子里，邻居家的怪儿子面对街灯，用慢得让人难以忍受的速度开始做他没完没了的晚间拜日式[1]。

科拉，我弟弟的朋友，半夜打来电话。我还醒着，在看《伊比的堕落》的录像带。苏珊·萨兰登演将要死去的母亲，演技惊人。有三个朋友在我生日时送了我这盘电影录像带。唯一一次有同样情况发生的时候是在很多年前，有四个朋友送了我琼·狄迪恩[2]的小说《顺其自然》。

“蒂姆认为他跟我应该分担责任，让妈妈到我们这儿来过一个假期，我们十一月份可以，那时学校放阅读假，”科拉说，“我会搬到蒂姆的公寓住，如果不会让妈妈觉得不舒服

1　拜日式，瑜珈常见的基本动作，源自古印度人对于太阳的朝拜。

2　琼·狄迪恩（Joan Didion），美国当代文坛地位显赫的作家，她的小说《顺其自然》（*Play It as It Lays*）曾入选《时代》杂志百佳英文小说。

的话。”

“你们能这么做真好，”我说，“不过你知道她认为蒂姆只有十岁吧？我不确定她会愿意飞到俄亥俄州去让一个十岁的孩子照顾她。”

“什么？”

“蒂姆没跟你说吗？他最近给她写了一封信，她保存着，拿给我看蒂姆的书法有多好。”

“噢，等她到了这儿，就会看到蒂姆是成年人了。”

“她也许会觉得那是个冒牌的蒂姆，或是别的什么。她会跟你不停地说我们父亲的第一个家庭。”

“我还有点氯羟安定[1]，上次根管再造的时候配的。”科拉说。

“好，你看——我不是想劝阻你。我只是不大确定她能单独旅行。蒂姆考虑过开车来接她吗？”

“哎呀！我外甥十一岁，他都自己来往于西海岸好几次了。”

“我想这可不是往她背包里装点快餐，给她一本字谜书在飞机上看就行的事。”我说。

“哦，我不是要把你母亲当小孩对待。恰好相反：我认为

1　氯羟安定，一种抗焦虑药。

她要是知道我们怀疑她是否能独立行事，她也许就真的应付不了了，但如果我们……”

“人们再也不把话说完了。”我说。

“哦，天哪，我可以说完，”科拉说，“我的意思是，如果我们假定她能照顾她自己，她就能照顾自己。”

“一个婴儿会因为我们假定它能照顾自己就真的能照顾自己吗？”

“哦，我的天！”科拉说，“看现在都几点了？我以为是九点！已经过了午夜了吗？”

“十二点十五。”

“我的表停了！我看了厨房的钟，是十二点十分。”

我见过科拉两次：一次她几乎重达两百磅，另一次她在用阿特金斯节食法减肥，一百四十磅。她去机场接我的时候，车里有《新娘》杂志。可在过去这一年里，她的梦想还没有实现。

“实在很抱歉。”科拉说。

“听我说，”我说，“我没睡着。不必道歉。可是我觉得我们没解决任何问题。”

“我叫蒂姆明天给你打电话，真的很对不起！”

“科拉，我说人们再也不把话说完并不是针对你。我自己也没把话说完。”

“好，你保重！”她说完挂了电话。

“她在哪儿？”

“就在我的办公室里。她刚才在李公园的一条长凳上坐着。有人看到她在和一个喝醉了酒的女人说话——一个流浪者——就在警察到达前。那个女人把她从一个餐厅回收部搞来的玻璃瓶往雕像上砸。你母亲说她在计分。女人赢了，雕像输了。那个女人脸上都是血，所以后来有人叫了警察。”

“她脸上都是血？”

“她扔完瓶子去捡玻璃的时候把手割伤了。是另一个女人在流血。”

“哦，上帝，我母亲没事吧？”

“没事，但是我们需要行动了。我给橡树医院打过电话了。他们今天做不了什么，不过明天可以把她安排在一个半私人病房住三个晚上。原本是不允许这么做的，不过你不用操心。相信我，只要她进去了，他们就能找到地方。”

“我马上过去。”

“等等，”他说，“我们需要一个计划。我不想让她待在你那儿：我想让她今晚就住进来，我要给她做个核磁共振。

明天早上，如果没什么问题，你就可以送她去橡树医院了。”

“有必要让她吓得要死吗？她为什么非得住院？”

“她很糊涂。就算你今天晚上不睡觉也于事无补。”

“我觉得我们应该——”

“你觉得你应该保护你母亲，可那其实不可能，不是吗？她是在李公园被人发现的。幸亏她的购物单（就在我眼前）上别着我和她美发师的名片，待购物件包括复活节彩蛋和砒霜。”

“砒霜？她是要毒死自己吗？”

那边沉默了片刻。“我们就说她是吧，”他说，“为了说服你。好，现在来接她吧，我们开始行动。”

蒂姆和科拉在一位太平绅士[1]的主持下，办了结婚手续，几乎是“妈妈”在李公园里追踪瓶子的同时。他们在医院病室里跟唐娜·米尔罗斯会合，唐娜抱歉地低声说，她丈夫在“扮演医生”，回避探访时间。

科拉的婚礼花束插在我母亲的水罐里。蒂姆咔咔地打着响指，反复地清着嗓子。“他们看我一直坐在公园里就不

1　太平绅士（justice of the peace），相当于公共治安官，其职责包括解决民事纠纷、维持治安等。

高兴了。你能想象吗？”我母亲突然对着聚集一堂的人说，“你们觉得还要过很多这种绝望的[1]秋日吗？”

第二天早上，只有蒂姆和我在场，我们准备让母亲坐他租来的汽车，送她去橡树医院。母亲坐在前面，她的小包放在腿上，时不时说些不着边际的话，我最后终于搞明白了，她把个性车牌[2]读出声了。

在后座上，我像游客一样观察着这个小镇。车太多了。车里的人脸让我吃惊：没有一个二十岁以上的人表情平和，更不要说快乐。下巴突出的男人和使劲眯起眼的女人疾驰而过。我发现自己很纳闷为什么没有更多的人戴墨镜，那样不知是否会好些。我的思绪纷飞：在伦敦丢的那副古奇墨镜；有一次万圣节我装扮成骷髅。小时候，我在万圣节扮过菲力克斯猫[3]，扮过蟋蟀吉米尼[4]（我还留着那根拐杖，常常误以为是伞，把它从衣橱里抽出来），还扮过一个西红柿。

“你知道吗，”我母亲对我弟弟说，“你父亲在遇到我们

1　此处母亲又不分语境地用了“desperate”一词来形容秋日。

2　车主通过支付额外的费用定制的车牌，车牌上的字母与数字由车主自行选择，多为短语、标语等。

3　默片时代最著名的卡通形象，是一只笑容灿烂的拟人化的黑猫。

4　迪斯尼动画片《木偶奇遇记》里的人物，被仙女指派为陪伴匹诺曹的“良心”。

以前有过一个完整的家庭。他也从来没有提过他们。那不是很无情吗？要是我们认识他们，我们也许会喜欢他们；要是他们认识我们，也许也会喜欢我们。我说这些的时候你姐姐很不开心，但是你们现在读到的一切都表明，如果两家人见面会更好。在第一个家庭里你有一个十岁的弟弟。你年纪这么大了，不会再嫉妒一个孩子，对吗？所以你们没有理由相处不好。”

“妈。”他呼吸急促地说。

“你姐姐每次见我的时候都跟我说她五十一岁了。她总是想着年龄问题。跟一个老人走得太近就会这样。我老了，不过我忘了这么去想自己。你姐姐现在就在后座上想着生死之事，你记着我的话。”

我弟弟紧紧握着方向盘，指关节都发白了。

“我们要去发型师那儿吗？”她突然问。她轻轻拍拍后脖颈。她的手指往上移，直到碰到小小的发卷。蒂姆意识到我不打算回答，他说：“你的头发很好看，妈，不用担心。”

“那好，我有约会的时候总是准时到。”她说。

我在想，真奇怪，我从来都没扮过埃及艳后，或者芭蕾舞女演员。我居然想去扮成西红柿，我是犯了什么病？

“妈，万圣节的时候，我曾经扮过女孩的样子吗？”

在后视镜中，我弟弟把目光投向我。那一刻，我记起了维克的眼睛，他在后视镜里看我的反应，那些日子我让母亲坐前面，他们俩说话更方便。

“嗯，”我母亲说，“我记得有一年你想扮成护士，可是乔安娜·威洛比打算扮成护士。我当时在超市，威洛比太太在那儿摆弄那件我们前一个晚上考虑过的演出服。我应该更有决断。我想那就是你成年以后变得冲动的原因。”

“你觉得我冲动？我以为自己是那种做事从不出人意料的人。”

“我可不这么认为，”我母亲说，“看看你几乎都不了解那个男人就嫁给了他。第一任丈夫。然后你又跟那个高中就认识的人结了婚。我觉得很奇怪，你是不是继承了你父亲一点反复无常的秉性。”

“咱们别吵了。”我弟弟说。

“如果我告诉别人的母亲，我的两个孩子结婚都没有邀请我参加婚礼，你们说人家会怎么想？我想有些人会认为，那说明我有问题。也许是我有缺陷，让你父亲觉得我们是退而求其次的选择。蒂姆，男人跟男人之间会说一些事。你父亲跟你讲过另一个家庭吗？”

蒂姆捏紧了方向盘，没有回答。我们的母亲拍拍他的胳膊。她说："蒂姆有一年想扮成埃德加·伯根[1]。你记得吗？可是你父亲指出，这样的话我们就得买一个昂贵的查理·麦卡锡玩偶，而他不打算买。我们哪里知道，他还有一大家子人要供养。"

橡树医院的每个人都被正式地称为"夫人"。你可以看出护士真正喜欢的人是谁，因为他们会用不那么正式的头衔称她为"女士"。

班克斯女士是我母亲的室友。她一头纯白的银发，这让她看起来像一只奇异的鸟。她九十九岁了。

"今天是万圣节，我知道，"我母亲说，"我们要开一个晚会吗？"

护士笑了。"不管是不是特殊的日子，我们总会有一个很棒的日间加餐。"她说，"我们希望家人也能加入。"

"到晚饭时间了吗？"班克斯女士问。

"不，女士，现在才早上十点，"护士大声说，"不过我们要来接你去享用日间加餐了，就像往常一样。"

"哦，上帝，"蒂姆说，"我们现在怎么办？"

1　埃德加·伯根（Edgar Bergen，1903—1978），美国知名艺人，口技表演家。他手中的玩偶名叫查理·麦卡锡。

护士皱起了眉头。“您说什么？”她问。

“我以为米尔罗斯大夫会在这儿。”他边说边环顾房间，好像杰克·米尔罗斯会藏在什么地方一样。这不可能，除非他把自己夹在房间一角的桌子后面，那张桌子放置的角度有点怪。护士顺着他的视线看去，说：“班克斯女士的侄子按风水布置了她那一半房间。”

离门最近的地方——我们这一半的房间里——有一件白色的柳条家具。三只粉色的小熊在天花板通风口挂着的一件活动装饰物上摇来晃去。布告牌上有一张婴儿的彩色照片，咧开只有一颗牙的嘴笑着。我们的母亲坐进一把黄色的椅子，看起来很小。她打量着每个人，一言不发。

“请问现在签文件方便吗？”护士问。这是她第二次问起——两次问的都是我弟弟，不是我。

“哦，上帝，”他说，“怎么会是这样？”他不大舒服。

“我们出去吧，让女士们互相认识一下。”护士说着拉着他的胳膊，带他出了门。“我们不想表示反对。”我听见她说。

我坐在母亲的床上。母亲呆呆地望着我，好像在这个环境中，她不认识我了。最后，她说：“那是谁的希腊渔夫帽？”

她指着我放在床上的索尼随身听，还有一个放过夜衣物的袋子和几本杂志。

“那是一个放音乐的机器，妈。”

“不，不是，”她说，“是希腊渔夫帽。”

我把随身听拿起来递给她。我按下“播放”键，从悬着的耳机里可以听到音乐声。我们俩都盯着看，好像它是世界上最奇妙的东西。我把音量调低，把耳机戴在她头上。她闭上了眼睛。最终，她说：“这是万圣节晚会的开始吗？”

“是我误导了你，说起万圣节，”我说，“今天只是十一月初的一天。”

“接下来就是感恩节了。”她说着睁开了眼睛。

“我想是的。”我说。我注意到班克斯女士的头往前倾着。

“那边那个东西是火鸡吗？”我母亲指着她说。

“那是你的室友。”

“我开玩笑的。”她说。

我松开拳头的时候才意识到我刚才一直握紧了拳头。我试着微笑，却无法扬起嘴角。

我母亲摆弄着脖子上的耳机，好像那是个听诊器。“要是那一次我让你遂了心意，也许今天我就有自己的私人护士了。可能我还是不够聪明。”

“这只是暂时的。”我撒谎了。

“嗯，我不愿在进坟墓前想着你因为我无法控制的事而责怪我。你父亲完全有可能是个重婚者。我母亲告诉过我不要嫁他。”

“外婆叫你不要嫁给爸爸？”

“她是个狡猾的老狐狸。她闻出他的味儿了。”

“可是他从没做过你指责他的事。他战后归来就娶了你，你生下了我们。也许是我们长大得太快还是怎么的，让你糊涂了。我不想提自己的年龄让你生气，可是也许我们作为一家人的那么多年，很久以前，就像一个漫长的万圣节：我们扮成小孩子，然后我们穿不上演出服了，我们长大了。”

她看看我。“这说得有点意思。”她说。

“至于另一个家庭——也许就像是那个梦到自己是蝴蝶的人，或者是梦到自己是个人的蝴蝶，两者混为一体。也许你中风以后糊涂了，或者是你做过一个那样的梦，感觉是真的，就像梦境有时挥之不去。也许你不明白我们怎么都老了，所以你把我们重新想象成年轻人。可不知怎么的，蒂姆在时光中停滞不前。你说过另一个妻子长得像你。嗯，也许她就是你。”

“我不知道，”母亲慢慢地说，“我想你父亲总是被同一种女人吸引。”

“可是谁也没有见过这些人。没有结婚证。他跟你结婚都快五十年了。你不认为我的说法是一种更可信的解释吗？”

“你确实让我想到了那个侦探，孤注一掷的[1]梅森。你有了个点子，然后眼睛瞪得好大，就像他那样。我觉得你都要站到证人席上去了。”

杰克·米尔罗斯脖子上围着一条毛巾，出现在了过道上。“你们一百万年都猜不到我为什么迟到，”他说，“一辆卡车掉了一个轮子，把我的车撞下了公路，撞到池塘里了。我只能从窗户里爬出来，蹚水走回公路上去。”

他身后出现一个护士，拿来了更多毛巾和一些干衣服。

“也许只是外面下了雨，可是他觉得自己掉进了一个池塘。”我母亲说，对我眨眨眼。

“你明白了！”我说。

“每个人都有自己虚构的小故事，”我母亲说，“如果不让说故事的人虚构点什么，孩子们就没书看了，给大人看的书也会少得可怜。”

“妈！完全正确。”

“请原谅，我去一下洗手间，换身衣服。”

“哄哄他，”母亲用手捂着嘴小声对我说，“等杰克出来

1　母亲又用到了“desperate”一词。

的时候，他会以为自己是个医生，而你我都知道，杰克只是希望去上医学院。”

你以为你很清楚所面对的问题，到头来却发现另有一个完全出乎意料的问题。

蒂姆消失了，近一个小时以后才出现，这在护士中引起了不小的骚动和混乱。杰克·米尔罗斯于是做出重要的结论：蒂姆不够成熟，不负责任，他说。这个问题很可能比任何人想象的都要严重得多。我母亲俏皮地暗示道，蒂姆决定掉进一个兔子洞，进行一场冒险。她洋洋得意地笑着说：“兔子洞是一种更可信的解释。”

母亲躺在床上，网球鞋整齐地摆在地板上。她说：“他一向逃避困难。看看你和杰克，你们脸上震惊的表情！梅森先生会找到他的。”她加了一句，然后闭上了眼睛。

“你明白了吧？”杰克·米尔罗斯低声说着把我带出了房间，“她适应得很棒。这完全不是个糟糕的地方，对吧？”他自问自答道：“对，不是。”

“卡车是怎么回事？”我问。

“司机道歉了。他站在路肩上打手机。三辆警车几乎三秒钟之后就到了。我指指我的马里兰州车牌，就脱身离开了。”

“蒂姆告诉你他刚结婚了吗？”

“我听说了。探访时间，他妻子把唐娜拉到一边，告诉她这个好消息，说我们千万不要看低他，因为他已经做好了准备，心甘情愿，也有能力——她就是这么跟唐娜说的——为他母亲的安康负起责任。今天早上你离开以后她还去了医院，引起了一阵小小的骚动，因为他们把她的婚礼捧花扔掉了。”

第二天早上的电话令人很意外。蒂姆似乎是在念稿子，就像个电话推销员：“我们的关系大概紧张到无可救药了。我在护士那里看到你在一张表格上添加了我的个人信息，显然是你跟你的医生朋友串通一气，在其他什么地方已经填好的表。我这才意识到你又一次居高临下，令我蒙羞。我很受伤，看到你把我们俩的名字都写在了‘紧急联系人’的位置，可后来却又用一张便利贴加上：‘先给我打电话。他很难联系上。’你怎么知道？你怎么知道我的教学日程？你从来都没有丝毫兴趣去了解。你怎么知道我早上几点离家，晚上几点回来？你总想抢先一步。我还私下里认为是你同意他们把我妻子的捧花扔掉的，那是借给妈妈的。你去吧，去批准一切吧。给她施行安乐死，如果那就是你想要的，看看我会不会在乎。你发现你都不愿意花一秒钟来做做样子祝贺我跟我妻子吗？如果你对我没有尊重，起码对我妻子你应该有一丁点尊重吧。”

当然，他不知道我这么回应是开玩笑：“不，谢谢。我对我的 AT&T 服务很满意。”

他摔了电话，我在考虑回到床上，蜷成胎儿的姿势，可是同时又意识到我再也不能耽误一天的工作了。我走进浴室，穿着维克的旧浴袍，那是我搭在门背后的。我冲了澡，刷了牙。我给橡树医院打电话，问我母亲是不是一觉睡到天亮。是的，她现在在玩宾果游戏。我飞快地穿好衣服，梳了头，拿上包和钥匙，打开前门。栏杆上斜靠着一个联邦快递的信封，上面写着科拉的名字和退信地址。我退后一步，走进屋，打开了信封。里面是一个封着口的信封，上面写着我的名字。我呆呆地看着信封。

电话响了。是玛丽亚·罗伯茨，弗吉尼亚州 2003 年度的三年级优秀教师，她打电话说她很不好意思，可是有人向她指出，孩子们打扮成海星和海马在挂网前跳舞，代表的是濒危物种，或是常“被收集”或“被捕食”的物种。她说她会把材料钱给我，但是不需要我做海星演出服了。我从卧室看出去，看到椅子上堆着的带尖角的演出服，只有最上面那件还要缝个拉链。它们突然显得悲哀——泄了气，还有点可笑。我无言以对，惊讶地发现自己百感交集，说不出话来。“别担心，”最终我说，“整个节目都被取消了吗？”“要重新设计，”她说，“我们想要一些富有力量的海洋动物。”“梭子鱼？”我说。“我会跟他们提。”她说。

我们挂了电话，我继续查看封了口的信封。然后我拿起电话拨号。让我吃惊的是，电话响第二声时维克就接了。

“哎，我一直在想你，”他说，“真的。我正要给你打电话，问问你怎么样。你母亲好吗？”

“还好，”我说，“有件事让我有点心烦。我能很快地问你一个问题吗？”

“问吧。”

“唐娜·米尔罗斯说她看到你跟班德拉斯在打架。”

“是的。”他警惕地说。

“这不关我的事，可这是怎么搞的？”

“他跳上车，爪子刮掉了漆。”

“你说过他是世界上最训练有素的狗。”

“我知道。他总是等我打开车门，可是那天，你说说看是怎么回事，他跳起来使劲抓车子。如果他是被什么吓到了，我还能原谅他，可是那儿没人。然后我刚打了他一下，就从雷克萨斯里出来一个人，除了唐娜·米尔罗斯还能有谁？接着我的购物袋突然脱手，裂开了……所有的东西都朝她滚过去，她脚上那只昂贵的鞋尖一转，挡住了一个橘子。”

“我没法相信你和班德拉斯会出这种事儿。把我所有的预想都打破了。”

“事情就是这样。”他说。

“谢谢提供信息。”

“哎，等等。我真的准备给你打电话的。我本来要说也许我们可以碰个头，带你母亲去那家意大利餐馆吃饭。”

“很好，”我说，“不过我想算了。”

有一刻的沉默。

“再见，维克。”我说。

“等一下，”他飞快地说，“你打电话真的是问狗吗？”

“嗯。要知道，你总是说到它。他曾是我们生活中重要的一部分。”

“我和我的秘书之间过去没有，现在也没有任何关系，如果你想的是这个，”他说，“她在跟一个在巴尔的摩工作的家伙约会。我做了一个梦，梦见她会嫁给他，把狗留下，因为那人养猫。”

“为你考虑，我希望那真的会发生。我得上班去了。”

“要不喝杯咖啡？”他说。

“好，”我说，“回聊。”

“现在就喝咖啡不行吗？”

“你没有工作吗？”

“我以为我们还会是朋友。这不是你的想法吗？你把我甩了，因为我比你小十岁，因为你这么年龄歧视，但是我们还是可以做好朋友，你甚至还可以跟什么人结婚，我们还是朋友，可你从不打电话，好不容易打个电话问的却是一条你还没见就不喜欢的狗，因为你是个爱嫉妒的女人。你可以喜欢或者不喜欢别人的小孩，同样，我就是喜欢那条狗。”

“你爱那条狗。”

“好吧，就算我对‘爱’这个词用得有点谨慎。要是你现在没空，我今晚能过来喝杯咖啡吗？”

“除非你先答应帮我一个忙。”

“我答应帮忙。”

“你不想知道是什么忙吗？”

“不。”

“需要一项你很少使用的技术。”

“性？”

"不,不是性。剪纸。"

"你要我剪什么你自己没法儿剪的东西?"

"我弟媳的一封信。"

"你没有弟媳。等等,你弟弟结婚了? 让人吃惊。我以为他对女人没什么兴趣。"

"你以为蒂姆是同性恋?"

"我没那么说。我一直认为那家伙厌恶人类。我只是说我很吃惊。你干吗不自己把信撕开?"

"维克,别那么迟钝。我想让你把它剪成一个花样。我想让你把一个我完全确定是糟糕的东西变形。你知道——就是那种你祖母教你的手艺。"

"哦,"他说,"你是说,像篱笆和葡萄架?"

"嗯,我不知道。不一定非得是那样。"

"我很久没练习了,"他说,"你有什么具体的想法吗?"

"我还没读信,"我说,"但我想我知道内容。剪一个穿心的骷髅怎么样?"

"恐怕我祖母的兴趣是风景画。"

"我保证你能剪。"

"帆船破浪而行?"

"还是我的主意好点。"

"可那不是我的专长。"

"你跟我说实话，"我说，"我能应付。你买那些吃的是要给那个女人做晚饭吗？"

"不，"他说，"还有，记住，是你甩了我，事情以你嫁了个笨蛋收场，所以，我有权做我想做的事。现在你又打电话，要我剪一个尸体，心脏穿了根棍子，因为你也不喜欢你的新弟媳。问问你自己：你这个人真的很正常吗？"

班德拉斯差点把我撞翻，接着他马上开始吸鼻子，把阿富汗毛毯从沙发上扯了下来。它撕扯着毛毯的一角，好像那是一团腐肉。他喷着鼻息站了起来，朝卧室冲去。

"这就是那封信？"维克说着一把抓起桌子中央的信。他把信撕开。"亲爱的嫂子。"他读了起来。我向他冲过去，他把信举过头顶。他胡子拉碴的，看起来真不像他，我发现我认不出他穿的那件衬衫时心里一阵刺痛。他重新开始念了："亲爱的嫂子，"他把身子转到一边，信纸紧紧地夹在他手里，"我知道蒂姆会跟你谈话，但是我个人想给你写封短信。我想各家都有差异，但每个人的观点很重要。我非常想——"他又转了个身，这次班德拉斯冲进战局，用后腿直立，好像他也想要那封信。

"让狗吃掉！要是你一定要大声读出来还是让狗吃了吧！"我说。

"——邀请你来吃感恩节晚餐，还想把我们的常旅客累计里程数给你一些，如果你用得上的话（不过节日期间可能停用）。"

维克看着我。"你不为自己对这个女人的反应感到难为情吗？你不难为情吗？"

狗扑进阿富汗毛毯，又开始翻滚，爪子钩住了织物。维克和我面对面站着。我喘着气，吃惊得说不出话来。

"请原谅蒂姆在我到橡树医院门口的时候消失。我到那儿想看看能帮上什么忙。他说看到我的脸，他意识到自己获得了新的力量。"维克叹了口气，说："这正是我所害怕的——跟你弟弟一样疯狂的新时代一族。'我确信你明白，我很高兴了解到在这种考验人的时候我能帮到蒂姆。我们必须把过去抛在身后，庆祝我们自己的感恩节（我们的婚礼），我也确信如果我们走到一起，一切问题都能解决。爱你的弟媳，科拉。"

眼泪在我眼中打转。阿富汗毛毯需要大修了。维克把他最好的朋友带到我家来毁掉了毛毯，而他要做的只是把那张纸举过头顶，就好像刚刚赢了一座奖杯。

“我今天下午练习过了，”他最终垂下手臂说，“我可以剪一辆火车开过山洞，或是上面栖着一只蝴蝶的玫瑰花冠。”

“好极了，”我坐在地板上，不让眼泪流下来，“蝴蝶可能梦到自己是一个人，或者人可能梦到他是……”我改了我本来要说的词：“或者人梦到自己很绝望。”

维克没听见我的话，他忙着让班德拉斯放下他撕扯的一套海星演出服。

“为什么你认为可以成功？”我对维克说，“我们俩一直都不适合对方。我五十多岁了。这会是我的第三次婚姻。”

他小心翼翼地把信折起来，对折一次，对折两次。他把剪刀从小塑料套里抽出来，用他的粗手指笨拙地翻弄着。他眉头深蹙，集中精神，开始剪纸。最终，从那干脆利落的剪纸动作，我看出他决定了火车的主题。他剪开空气，一团蒸汽跃然而现，他说：“那让我们慢慢来吧。你可以邀请我跟你一起过感恩节。”

压顶石

凯希尔——在这个缅因州小镇，认识他的人都叫他凯希尔大夫——做了一个决定，他那个四面装了纱窗的门廊应当重新装修。把现在的门廊设计成冬天用的不是更好吗？在最那端加一扇门，通往一个新的小门廊，和原来这个成直角。这样，冬天的时候，他就可以端着新煮的咖啡和维生素饮料（他愿意不辞辛劳去冲泡的那些早上），走出厨房，在带暖气的密闭门廊里欣赏迟开的花。夏天，他可以搭起一张临时书桌——或者只是一张牌桌——而不必担心雨水淋湿他的文书。那么多文书工作！他妻子芭芭拉过去包揽了大部分活儿，但是她已经去世八年多了，现在除了他的会计帮他处理的部分，还有他偶尔会咨询他的房客马特某个问题，其余的都是他自己来，没有一丁点儿内容和医药有关。

马特住在凯希尔翻修过的谷仓里。他三十二岁，已经遭遇了一次离婚（二十四岁时）和第二任妻子的亡故——她在加拿大划皮划艇时被一根低垂的树枝撞到，溺水身亡了。过去这一年，凯希尔有几次发现马特带了女人回家，但他也发现那个女人——或那几个女人——几乎总是当天晚上离开。有一次，他经不住劝，跟马特和一个叫里欧拉的女人玩了一局槌球，不过马特有客人的时候他通常会回避，他觉得有女人在场时马特会变得烦躁而沉默，好像他还在经历青春期的折磨。可是马特——马特才是他最关心的人。凯希尔虽有此心，但还是明智地少请他这位房客兼朋友吃晚餐，因为这个男人需要自由。如果芭芭拉还在世，如果马特的妻子没死，马特无疑会住在别的地方，凯希尔也会去关心一些更有趣的事。只是退休以后，他的世界收缩了。

现在，凯希尔正在跟一个马特戏称为“你明白我的意思吧”的男人说话，一个头发永远是风飘式的高个子木匠，他最近在凯希尔的建议下切除了鼻子侧面的一个皮肤瘤，凯希尔确信那是癌变。他的真名是罗迪·佩楚斯基。罗迪正企图压平他因为静电而竖起来的头发，凯希尔听他谈论着经加压处理的木材：“你自己也知道，大夫，这些东西会过滤到环境中。一不留神，肺就成了瑞士奶酪，你明白我的意思吧？这种转基因玉米，欧洲人不想跟它有一点关系。可我们呢？我们总是乐观主义者。你也许读到过被喂食这种玉米的老鼠肾脏都衰竭了吧？我是在一个医生办公室里的杂志上读到的——没有不敬的意思。我的建议是用最好的密封胶来密封这些经加压处理的木材，即使是那样，你也不想光着脚在上面走，你明白我的意思吧？”

“铺地板的问题，你觉得怎么好就怎么定，罗迪。”凯希尔说。

“不能让我来定！永远要让顾客来定！”

“嗯，我当然同意你跟我说的这些，我们就按你说的着手开始吧。”

“这样最好，大夫。这就是你想要的方向。”

远处，一只主红雀在树枝上叽叽喳喳地叫。如果凯希尔手里有望远镜，他就会拿起来看鸟——他喜欢主红雀——可惜他们在后门廊上——这个后门廊要被改装成厨房外的暖气室。马特一定在家，凯希尔心想，因为他隐约听到米克·贾格尔的歌声。那只鸟一定也听到了音乐，因为它突然飞走了，只在门廊上落了一秒钟，查看了一下门廊里的动静。

一个被凯希尔和马特戏称为“你没有选择”的男人几天前曾经来访。他从市政厅赶来通知凯希尔，他的地产上有一面墙需要修缮，这面墙环绕着一个可追溯到十九世纪的四块墓碑的墓地，作为业主，凯希尔必须负责修缮，他没有选择。冬天经常有霜冻，那人解释说，春天雨水又格外多，这些情况都加速了墙面的恶化。凯希尔被告知，墙体四周六英尺之外才允许有“植被”（他没有选择），而且重修时不能使用砂浆。“我刚才看了一下，大夫，我看差不多只是换几块压顶石的事儿。”那个人说，一只手上上下下地移动，指示峰顶和谷底。“还有——提醒你一下——一切都得用手来做。”他递给凯希尔一张便利贴，上面用铅笔写着“紧急维修墓地墙7/16”，然后边点头边退后，好像在跟英国女王告别。凯希尔明白这些事，要不然他会以为被人捉弄了。男人爬进卡车，开走了，音乐放得很吵。柴科夫斯基的乐音像盐酸般腐蚀着空气。

这场遭遇之后，凯希尔径直去找马特。他敲门进屋，发现他正盯着一幅水果盘的新油画。马特的静物画常常会包含一些非同寻常的物件，因而显得别具一格——塑料犀牛，单只串珠耳环，旁边躺着一个黛安娜王妃的小塑像。凯希尔没在马特桌上看到啤酒瓶，放下心来。白天喝酒是新情况，也不是好兆头。绘画课——当然无害，无疑也很有趣，不过他以为孤独地作画是重新投入这个世界的方式吗？在他看来，马特从他妻子的保险公司拿到的这笔钱太多了。凯希尔的谷仓里住着一个百万富翁，根据不同的场合为他出任修理工、喜剧演员、铲雪工，有时是私人司机。但是他喜欢马特，他依赖他。用个俗套的说法，马特是他从未有过的儿子，不过他的女儿乔伊斯也够像一个儿子的了：她无视他的严重警告，多年来一直服用类固醇，举重。她母亲去世的那年，她来到东部，帮他把房子周围的枯树砍掉，然后锯成木块，堆成柴堆。她的脚有 11 码[1]，塞在男式的工作靴里。她的胳膊上有一个国旗的文身，国旗下面伏着一条长满刺的蜥蜴，伸出长长的舌头捕食昆虫。好像马特给乔伊斯也起了个外号，但是他的修养让他对此保持沉默。

凯希尔审视着马特那幅奇怪的画，称它“有进步”。他简略地抱怨了一下“你没有选择”的来访，由此引发了对于新英格兰人自以为是的负面概括——凯希尔就知道会这样。

在回家的路上，凯希尔去查看了一下墓地。他之前没有注意到那儿的墙需要修缮，也没有想到会有人告诉他修墙是他的义务。墓地里有两个孩子的墓，一个三岁，一个十一个月，墓碑上的刻字大多填满了青苔。他们的母亲是二十三岁死的，父亲七十一岁——长寿善终。没有标志另一段婚姻的碑石。附近开满了粉色和白色的福禄考花，有时——很难得，但是有时——凯希尔会剪下几株，把它们插进他妻子的一个

---

1 美式女鞋的 11 码相当于通用码的 43 码。

水晶花瓶，以纪念她持家有方。

那天下午，拿破仑来看他了，拿破仑是邻居家的巴吉度猎犬。他得到了一块咸饼干作为奖励——虽然凯希尔知道这样不好。凯希尔翻看着一本《科学新闻》杂志，一个多小时以后，他终于带着巴吉度猎犬去路上散步了。在危险的十字路口，他把他抱了起来，然后走过四座房子，在布瑞兹家看到她的车不在，后门没有上栓。他带着狗进了后院，然后把门关紧。

“你没有选择”到访后一个星期左右，行政执法处来了一封信，通知“业主凯希尔”违反了一批有连字符的数字[1]。他非常生气，几乎看不清信上写的是什么。“你没有选择”告诉他他还有三十天来修缮墓墙。不过，泡完一杯茶平静下来以后，他穿上工作服，大步走进墓地。他带着工具箱，尽管不知道为什么要带，因为那些活儿似乎最适合用手干。他看到工具箱里有一副劳动手套，就戴上手套，开始更换掉下来的石块。有些石块不见了，可是去哪儿了呢？一定是马特放到干草堆里，垒在什么地方了。可是他早上已经打搅过马特了，所以决定去别处找他需要的那几块石头。他摘下手套

1　有连字符的数字代表各种条款。

扔回工具箱，这时，不知从哪里飞来一只黄蜂，像一架隐形战斗机。黄蜂蛰了他一下。他把手痛苦地伸向一边，抽搐着，挤压着自己的手腕。回到屋里，他把小苏打和水在茶杯里混合成糊状，涂在手上，然后吞下一粒抗组胺药苯海拉明，以防万一。

苯海拉明药效发作后，他上楼躺了下来。几个小时后他醒了，觉得很吃惊。他进了浴室，脱掉衣服，打开淋浴，然后踩进浴盆，抓住喷头柄。他妻子对刚发生的倒霉事会怎么评论？说他不知怎么招来了黄蜂？芭芭拉有很多美好的品质，唯独不会在他受伤时大发慈悲。他猜，她发现他是个凡人以后，可能被吓到了。她说过很多次，不过是半开玩笑地，说她嫁了一个她以为能好好照顾她的男人。

他拿他最喜欢的那条毛巾擦干身子，把它搭在淋浴间门上，然后下楼去，又泡了一杯茶。他的手腕不去碰的话，已经不疼了。拿破仑安静地站在门廊门口。这只狗穿越 91 号公路的时候会被轧死的。布瑞兹难道不管吗？他打开门，巴吉度猎犬扑了进来，嘴里咬着什么东西。是一只死了的花栗鼠。拿破仑把脖子被咬得血迹斑斑的花栗鼠搁在凯希尔的脚边，期待地抬头看着他。

“大夫也许五点左右能来处理，”凯希尔低头望着那东西说，“可是你知道，大夫是很忙的。”

狗一个字也不明白。凯希尔心软了。“好孩子。”他对狗说。狗用力摇着尾巴，用鼻子拱花栗鼠，然后又抬起头期待更多的赞许。这会让他妻子尖叫的。凯希尔拍拍狗的头，不让他去碰这只死花栗鼠，然后他捏着花栗鼠的尾巴，把它捡起来扔进了垃圾筒。这意味着他需要马上把垃圾拿出去，不过关系不大。他把手洗干净。这么多年来他都仔细地洗手，用刷子在并未长出的指甲下面擦洗——哦，好一双宝贵的手。现在有几根手指上长出了一点点指甲，这让他有种骄傲的感觉。他从没跟人说过这么可笑的事，但真的是这样：他喜欢留指甲。“我们是两个很气派的绅士，是不是？”他对狗说。疑问句总是会让狗疯狂地摇尾巴。“不过可能回家的时候到了——你说呢？”他看着冰箱上贴的电话号码表，心里突然涌上一股怒气：他要给布瑞兹打电话，这一次她可以走过来接狗，护送服务他干够了。他拨了她的号码。电话上方挂着一幅他一直很喜爱的蚀刻画，在办公室私人区域的书桌上方他也挂了这幅：伦勃朗的《亚伯拉罕的祭献》，天使的双手如此精致，如此轻盈。“是布瑞兹吗？”他听到她的声音后说，“拿破仑在我这儿，我想他该回家了，能麻烦你过来接一下吗？”

“对不起啊。他又跑走了？”布瑞兹问，“自从我开始在奥罗诺上课，就没办法让他留在院子里了。可是另一方面，他就是喜欢你。很难把他关在栅栏后面。”

“我注意到了。他会被车撞到的，布瑞兹，那样的话你永远也不会原谅自己。你得把那个门闩修一修了。”

他看着狗，狗在闻垃圾筒。太高了，他没法把鼻子伸进去。

“绝对的，”她说，“我打算问问五金店的埃德怎么修门闩。明天就问。”

“他们今晚开到九点。”他说。

“莫迪！不要再微妙地暗示了！”她叫道，“我今晚累坏了，如果你一定要知道原因，是我父亲找不到他的眼镜和假牙了，他感冒很厉害，所以情绪糟透了。护士今晚也没来。”

“这一行有很多兼职的，”他说，“所以不是很可靠。”

“嗯，莫迪，也许是那样，可是我还有什么别的选择吗？如果亲爱的芭芭拉还在，我起码还能得到一个拥抱。”

布瑞兹是他妻子生前最好的朋友。她从芭芭拉那里接受过无限的同情——特别是她父亲搬到她家以后。布瑞兹是芭芭拉愿意留在缅因州过冬的原因之一，而那却成了她生命中的最后一个冬天。

他们挂了电话以后，布瑞兹很久都没出现，他怀疑她根本不会来了。他在起居室里读一本叫作《建筑如何学习》的书，脚伸直了放在脚凳上，狗就蜷在他身边。最终，她来了。

“莫迪，希望我提到芭芭拉不会让你难过。”她没打招呼，却冒出这句话。狗站了起来，抖抖身子，缓步向她走去。她弯下腰摸摸他的侧身。“你又跑走了。”她说，“拿破仑是又跑走了吗？”

“下一次就要流放到厄尔巴岛[1]了。”凯希尔说。

“我去过五金店了。埃德今晚不在，不过我留了条子，说我来过，有要紧的事。我们会解决这个问题的，不是吗？”她对狗说着儿语。然后她转向凯希尔。“莫迪，有时我说到什么问题的时候，你不……我也不知道……好像你不赞成我说的。我不是说我去趟五金店就该得一枚金质奖章，但我的确照你说的去了。”

“我是害怕狗会被车撞到，布瑞兹。”他说，带着医生做出负面诊断时那种沉着的同情。他听到自己的声音太低，语气放柔和了一些。“今天就是事太多了。”他站着说。布瑞兹——她得到这个外号[2]是因为她喜欢说话——显然希望他

1 意大利西部的岛屿，1814 年拿破仑被迫退位后被流放于此。
2 布瑞兹，英文为“Breezy”，有“多嘴、谈笑风生”的意思。

能请她坐下来喝杯茶。但是这一天够糟了——颐指气使的来信、黄蜂——他意识到他早饭以后到现在什么都没吃。他轻轻拍拍布瑞兹的肩膀,好像她是一个被他温和地领出门的病人。在前门门廊,她转过身来对着他,说:“我知道你非常想念她,莫迪,我也是,我每一天都在想。”然后她离开了,走下台阶,沿着弯弯曲曲的小路没入黑夜,拿破仑——叫这个名字是因为他不爱啃骨头,却喜欢把骨头撕开(这是他知道的布瑞兹的父亲唯一一个有创意的想法)——被皮带牵着,小步跟上,没有回头看一眼。

凯希尔走进厨房,从冰柜里拿出一个肉馅饼,放进烤盘,再把烤箱的温度调到华氏四百五十度。尽管烤箱还没有升到合适的温度,他还是把晚饭搁了进去。前门又传来一阵敲门声:肯定是布瑞兹,有什么事又回来了。

凯希尔走到门口,打开门。一个年轻女孩站在那里。

“凯希尔大夫吗?”她说,“请原谅我这么晚敲门。我是奥德丽·康斯托克。我住在朴茨茅斯。”

“哦。”他说。

“我能进来吗?我是马特的朋友。”

“进来吧。”他说,示意她进起居室。她走进来,看了看四周。她没有坐下,他也没有示意她坐某张椅子。病人就是那样的：你要是不正式邀请他们就座，有些人就会一直站着。“有什么可以效劳？”他说。

“让他娶我。”她说。

“你说什么？”

“他觉得他无法离开这儿。你，”她补充说，“离开你。”

“我对此毫不知情。”他说。

“我们谈恋爱有一年多了。我们是在朴茨茅斯的一个绘画班认识的。圣诞节，他就差求婚这一步了。”

“哦？”他说。圣诞节，马特做了烤鹅，还用菜窖里的欧洲防风草烧了一道菜。他们吃菜时就着“石墙厨房”牌调料——一种蒜汁胶冻。要让他相信马特恋爱了那么长时间，却从来没有提到那个人的名字吗？当然，任何事都有可能。一个来体检的病人会说自己没有任何问题，可是当他脱下衬衫，凯希尔看到他身上在起带状疱疹，或者他把自己割伤了，伤得很重，伤口没有愈合。

“我不明白你为什么来这儿。”他说。她是一个长相很不讨喜的女子，他估计她也就二十出头。她的尖钩鼻过于局促地夹在一双小眼睛中间，因而她的脸总是显得不太平静。

她说：“我想告诉你，你不会失去一个儿子，你会多一个女儿。”

“我的孩子已经长大成人，离开家了，”他说，“儿子或者女儿我都不需要。”

她茫然地盯着他看了一会儿。“他觉得自己离不开这里。”她又说。

“我向你保证他能做到。”凯希尔说。

“绘画是我们共同的兴趣。”她说，似乎他需要进一步的解释。

他看着她。

“马特和我。”她最后说。

“这完全是你和马特的事，”他说，“你不需要来说服我。”

“他敬重你。你在他心目中像一个父亲。只是他觉得无法离开你。”

“这话你说了很多遍了，”凯希尔说，“我已经解释过了，他可以走。”

“他爱我，”她说，“他说了会照顾我。”

“这个么，”他说，“也许你能处理好。如果两个人想要在一起，这些事是会发生的。”

“你想赶我走，”她声音颤抖着说，“你认为我不够好。”

“请你帮个忙，不要试图猜测我的想法，”他说，“你敲门的时候我正要吃晚饭，已经很迟了，现在要是你不介意，我要吃饭了。”

她跺着脚。这个女人真荒唐，他得装一个猫眼，不能让这种人进门。

“我能看吗？”她伤心地问。

凯希尔瞪着她问：“看什么？”

“就这一回，我能看看你是真的要吃晚饭，还是想赶我走吗？”

他差点露出惊讶的神色，但克制住了自己。他逼视着她，想知道她是否为自己的幼稚感到羞耻。当然，这种人很少会为自己感到羞耻。“完全可以。厨房的门就在那边。”

她当然不会真的进来，可是不——她当然会。就像一个被建议节食的肥胖症患者会直接走到最近的自动售货机去买一条糖果棒，她进来了，来参观他的肉馅饼。她会看到肉馅饼，看到那一大堆该扔掉的基本没有读过的报纸，还有水槽里搁了几天的脏碗碟。他还没有把垃圾拿出去，所以那只死花栗鼠可能都开始发臭了。

“你就吃这些？”她说着回到起居室。她的语气温和了一些，说：“我可以给你做饭。我给马特做饭的时候多做一些。”

“我猜马特不知道你来吧？”他说。

她耸耸肩。“我找不到他，”她说，“我以为他可能在你这儿。”

他示意她前门的位置。“等你找到他的时候，可以跟他讨论一下这些冲动的慷慨想法，”他说，“祝你晚安。”

她准备开口说什么。他几乎能察觉到她打消念头的那一刻，她转身离开了。他跟在她身后走出门去，站在门廊上。谷仓里没有灯光。群星明亮地闪耀着。一阵微风轻轻吹过，隐约听到风铃声。布瑞兹的房子是他能看到的唯一一处亮着灯的地方。马特的车不在车道上。奥德丽难过地挥着手，演得有点过头了。那可怜的孩子纵身遁入黑暗。他没有向她挥手。

该死的女人！没有什么比被牵扯进别人的肥皂剧里更让他反感的了。他在电话旁的便签簿上飞快地写了一张便条，走到谷仓那里，把便条贴到马特的大门上。“见过了你的朋友奥德丽，”上面写着，“回家以后你过来一下。”

第二天早上有人来敲门，他打开前门，看到的不是马特，是迪尔德丽·兰贝尔，她在市政厅做秘书，听说了这件她暗自同情、称之为“状况”的事。“迪尔德丽，就是几块石头，我已经放回原位了，”他说，“镇上小题大做。”

“哦，是历史协会，你知道吧。志愿者到处查看，他们真的很在意。拿我自己来说，我一直觉得，死者的灵魂如果察觉到对他们缺乏应有的尊重，是不会安息的。”

“灵魂察觉到尊重？”他说。他有点尴尬地意识到自己虽然穿着便裤，上身却还是睡衣。

“真的，是这样。”她说。

“那让我来汇报一下，迪尔德丽，到现在我只是换掉了给予那些灵魂应有尊重所需要的六七块石头中的几块，我还要问问你：你碰巧认识或是真的在意这块墓地里埋的人吗？我是说——了解他们的人生——作为人，而不是作为灵魂？”

她没有听出他的语气。“不是莫尔顿家族吗？”她说，“都是体面人，最早的一批开拓者。”

“前进！”她最终驱车离开的时候叫道。

是的，他想，这种女人总是觉得自己在不断进步。

“你没有选择”接着现身，为他称之为市政厅的“疏忽”表示道歉。“那封脑残的信真让人难为情，”他转着眼睛说，“我才发现，大夫，马上就过来赔礼了。”

“你，还有全镇的人，知道了都会松一口气，我虽然是一把老骨头，可还是把墙修好了，现在皆大欢喜了。”

“棒极了！大夫！”他拉了拉帽子边。

“你在镇上没看到马特的车吧？”凯希尔问，“我有几天没见到他了。”

“你在开玩笑吗？”“你没有选择”说。

“开玩笑？”

“你不知道？”

“知道什么？”凯希尔问。

“在沃伦市区，”他很警觉地说，好像凯希尔在哄他，“报纸上全登了。”

“你没有选择”从凯希尔的表情里得到了答案。“大夫——他们抓到他骚扰未成年少女还是什么。我不愿提起伤心事。我知道他就像你的儿子一样。你被警察包围了，你没有选择——那些人叫你去哪儿你就得去哪儿，对吧？这不意味着你就有罪。”

凯希尔伸出手，扶着门框站定。他的脑子飞速运转，可是既没前进，也没后退。它像一辆四轮离地的车，车里的人在猛踩油门。

“抱歉给了你一个晴天霹雳。据我所知，报纸上每天都有报道。”

“这不可能。”凯希尔说，情绪平复到可以开口说话了，不过他几乎听不见自己的声音。

“你说什么？”

“他为什么不给我打电话？警察为什么没来谷仓？为什么——”

“可不是，”“你没有选择”说，“很可疑，是吧？你说得有道理，他们没来搜查确实很奇怪。”

凯希尔走回屋里，几乎被入口处的地毯绊倒。他走向厨房和那堆他想马上翻看又根本不想看的报纸。“真实的生活。”他妻子会这么说。他跌坐在一把餐椅上，把报纸都扫到了地上，把头埋在手里。电话铃响了，他站起来木然地走了过去。是马特？打电话来说什么？“我是乔伊斯。”她女儿说。

“乔伊斯，我亲爱的，这会儿我说不了话。”他说。但是另一个声音插了进来：“我是塔拉。”一个更年轻、更大的声音在伴唱，他这才明白他是在对自动留言机说话。他听到了钟声，还有《婚礼进行曲》第一小节招牌式的乐声。他女儿的声音说：“我们在我们今生最快乐的一天送出这段录音，以此宣布，2005 年 7 月 20 号 1 点钟，母神提毗保佑，我们举行仪式结为一对，我们现在正式成为乔伊斯——”尖细的声音插了进来——“和塔拉。”“直到永远！”两人齐声喊道。接下去，他听出了他女儿熟悉的刺耳嗓音：“别因为没被邀请而烦恼，”她说，“我们的典礼上只有母神提毗、塔拉住在隔壁的弟弟——他跳了一个美极了的苏非派舞蹈——还有我们的小丫头‘蓬松阳光’，她的颈圈上有铃铛和白色的紫罗兰。”塔拉插进来说：“你收到这段录音的时候，我们已经坐飞机去夏威夷了。”“献给你安宁与爱，愿你能体会到我们今天体会到的幸福。”他女儿说。钟声欢快地敲响；在钟声以外，他听到她们咯咯地笑，话音交织在一起：“印沙安拉[1]。再——再——再见，亲人们！”

他又把头埋进手里，用手指尖按压眼皮，直到觉得疼痛。

他摸黑去了谷仓，用手电筒在身前照着路。下过雨了，小小的青蛙像挑圆片[2]一样蹦过泥路。他前面的杜鹃花是马特有一次在某个幼儿园的堆肥上万分欣喜地发现的：两棵杜鹃开着粉紫色的花，在门边长得硕大。凯希尔便利贴上的墨

---

1 印沙安拉（Insha'Allah），穆斯林把自己的心愿托付给安拉时的诵言，意为“如安拉允许的话”或“如蒙天佑”。

2 在挑圆片游戏中，用较大的塑料片压小塑料圆片边缘，使之弹入一个容器。

迹化成了一小团黑色。他敲敲门，尽管这地方显然已经被遗弃了。他在报纸上读到的那些足够让他恶心了。

一件超大码的T恤盖在一把梯式靠背橡木椅上。马特几个月前帮他把椅子腿黏好，不知怎么它还在谷仓里。餐桌上有几枚闪亮的一美分铜币，还有一个小美人鱼的钥匙圈。凯希尔满心厌恶，他也唯恐警察会突然冲向谷仓，发现他在这里窥探。他现在才悲哀地明白，那些马特引以为荣的从垃圾堆里找来的玩具是用来做什么的，他明白得太晚了。当然是用来引诱孩子的。浴室架子上那些在旧货摊上买的芭比娃娃衣服被扒掉了，围绕着剃须膏的罐子、漱口杯和剃须刀，剃须刀是凯希尔送给马特的生日礼物——他现在才看出来，洋娃娃就是诱饵，本来就是。他怎么就这么迟钝？

他坐在他的旧椅子上，环顾房间。房间回荡着寂静。这里从前是他妻子的舞蹈房，她练习的地方——她只是出于兴趣，年纪大了，没法儿正儿八经跳芭蕾。这里曾是她私密的空间，她在这里观看努里耶夫[1]舞蹈的录像，无疑也想象过被他强有力的双手高高托举；她在这里穿着紧身裤和凯希尔一件老旧的白衬衣，她早就过了如此着装以显风情的年纪。可

1　努里耶夫（Rudolf Khametovich Nureyev，1938—1993），俄裔著名芭蕾舞演员，曾任列宁格勒基洛夫芭蕾舞团独舞演员，1961年逃离苏联后，成为伦敦皇家芭蕾舞团特邀艺术家，1982年入奥地利籍。

是现在，他不得不接受这个事实，谷仓已经被亵渎了，让一个他错看了的人住了这么些年，他妻子会无比鄙视马特。空气中有一丝淡淡的汗味——至少厨房有这味道。他站起来，打开冰箱——并不指望看到杰弗瑞·达莫[1]的盛宴，但还是查看了一下。冰箱门架上平放着一瓶廉价的香槟，几块发霉的奶酪，都开过封了。抽屉里发黄了的芹菜倒在一摊土褐色的浆水中。开了瓶的罐头他没往里看。他拿出一听可乐，扳开听盖，喝下去，希望能缓解胃部的不适。警察还没有来，这也不能让人完全放心。他们没有叫马特说出他的住址吗？他看到冰箱侧面用一个冰箱贴固定的旧日历：孩提时代的秀兰·邓波儿在闻一朵雏菊。哦，好狗血。人那些强烈却毫无创意的欲望，从来都是在预料之中，可痛可悲。"你就这么高人一等？"他妻子从前常怪他。好吧，是的，他的确如此。至少和某些人相比。他又喝了一口，把罐子放到一边。好吧，没有棒棒糖。没有电脑里幼女的裸照，因为马特没有电脑。一个返璞归真的猥亵儿童犯。

也可能，凯希尔想，是这地方本身被诅咒了。翻修的那时候，有一次，那个木匠——一个叫作埃尔西的健壮的红发

1　杰弗瑞·达莫（Jeffrey Dahmer，1960—1994），美国历史上臭名昭著的连环杀手和性犯罪者。

女人——跟他调情，她汗湿的吊带衫一边的肩带滑落肩头，他用眼神征求她的意愿，而她给予了肯定的答复。他朝她走去，轻轻地拉下另一边的肩带，只打算亲吻一下她桃子般完美的乳房，就在那一刻，像拙劣电影里的巧合，迪尔德丽走进了谷仓，端着他妻子准备的一托盘三明治和饮料。现在想起来有些滑稽——或者说，就算不够滑稽，吓到了迪尔德丽这个自命虔诚的女人也让他很开心。她绝没有一点可能去告诉芭芭拉她看到的事。现在他还能听到托盘上玻璃杯嘎嘎碰撞的声音。

他用马特的座机给警察拨了电话——一台有旋转式拨盘的电话，也是马特在“救世军”二手店的发现。那就是凯希尔认为马特过去一直在做的事：四处游逛，收集小玩意，以此排解丧妻之痛。警察在第八次响铃时接了电话——第八次！他们对他的话似乎兴趣不大，直到他提高了嗓门。“你们在沃伦抓到的那个猥亵儿童犯，”他说，“你们也许可以到他的房子里来搜查一下。我是他的房主。”他已经从友情的概念中退出了。“我不明白你们之前为什么没来。”他补充说。可乐冒到了嗓子眼，这股酸流令人不适地消退了。他看到台面上一本打开的素描本里有幅关于树的铅笔素描。一幅相当漂亮的小画。嗯，他心想，没有人会时时刻刻干老本行。另一个人接过电话，记下他的姓名和地址。警察大概十五分钟后出现了——先是本地警察——他了解到三件事：马特给出的地址在锡拉丘兹，不过他声称自己一直睡在车里；锡拉丘兹的确有一个地址——是他第二任妻子的，她根本没有死；第三件事他是在警察走后才知道的，就是马特跟拘留所里的一个人发生争执，被一把自制小刀捅了。

几个星期之后，凯希尔收到"你别无选择"寄来的一封短信，他现在决定多一些善心，称他为比尔。"我的老板催得很紧，虽然现在日子很艰难，我向你表示最诚挚的哀悼，大夫，但是墓地周围的墙还是没有达到修缮标准。我愿意找一些石头，这个周末过来帮忙。"比尔能主动提出帮忙挺好，不过这封信更坚定了凯希尔自己修墙的决心。

他这就准备动手，午饭吃一块烤奶酪三明治，然后就开始。正午时分，蛋白质和碳水化合物的搭配不错。饮食不良也是他妻子早逝的因素之一；她有糖尿病，有时一整天什么都不吃，还说他唠叨。她"觉得不舒服"，没错，但那是恶性循环：觉得不舒服，就不吃东西；不吃东西，就觉得不舒服。

他走到房子的侧面，路面是用旧砖石片混合泥土铺成的。这片阴凉地儿种不了什么，却是收获石头的好地方。他把石头堆在一个一加仑容积的废塑料花盆里。他挖了一会儿，觉得够多了，就把花盆紧贴着肋骨，另一只手抓着工具箱的把手走过去。嗨呼嗨呼。他在想马特会不会指望他联系他。听听他的说法。提供帮助——如果不是以医生的身份，那么以一个朋友的身份？但不管马特如何期盼，凯希尔就是做不到主动联系他——至少，在这个节骨眼上不行。

谷仓没有被绳子围起来，不过他猜那里也不是犯罪现场。近来有那么多人开着没有标志的车过来；再过一阵子，什么人都可以在里面四处翻检了。他该怎么做？每次看到车来，就跑出去索要证件？

凯希尔转过身看到拿破仑跃过草坪，傻乎乎的耳朵像迎风的船帆在扑扇。当他走近时，狗就靠到一旁去，漫无目标地表达善意。“来看老人家了？”他说。作为回答，拿破仑咬住一只虫子。“第一百亿次过大马路，考验命运？”他揉揉狗耳朵下面。“咱们就让命运跟在你后面，等她孤单了，就……”凯希尔说着继续抓挠。他一面垒石块，一面留神看着狗，狗在林子边上闻来闻去。

修墙花费的时间比他预计的要长，他还得去拿铁锹，把门廊旁边一块很大的石头挖出来。不过最终，他终于后退一步，欣赏着自己的劳动成果。“好了，比尔，我的朋友，”他大声地招呼着空气,“你的活儿完了,我的活儿也完了。”他清除了地上的一些落叶和残枝,在墙周围小心地走着。他们是怎么死的,这四个人?那些年代,牙齿感染就会死人。英年早逝是意料之中的:那时候,年轻,有另外的含义。

他女儿高中毕业的时候,他已经有段日子既不爱她,也不爱他的妻子了。现在,他的指尖抓挠着拿破仑的耳根,比他在妻子和女儿脸上印下的所有客套的亲吻所传达的情感更真挚。他妻子知道他动作机械,没有感情。“念诗念得好像在给东西排顺序。”在她最后的日子里,她会嘲笑他,那时他坐在床边给她念叶芝或D. H. 劳伦斯的诗,几乎不押韵的诗。很明显她女儿嘲弄人的能力来自何处;她也亦步亦趋地被传染了尖刻。她曾抱怨自己的名字取自一个男人(詹姆斯·乔伊斯),还是一个他自己的女儿后来疯了的男人。但是她希望他们给她起一个怎样超级女性化的名字呢?还有哪种玫瑰可以跟她磨损的劳动靴和黑框眼镜更般配呢?他没有施恶咒的魔杖,仅仅是年岁,把他的妻子变成了一个失败的芭蕾舞演员,而基因信号导致了她的糖尿病。他给女儿取名叫乔伊斯不会决定她的将来,是她自己的行为让她变成了现在的自己。即使他不再爱她们了,他还是好好照顾她们的生活。你可以用意志力停止你的爱(就像他知道马特的真面目以后所做的)，也可以慢慢地停止，比如说，把溜冰鞋的冰刀往里收，就可以优雅地停下来，有时自己或别人都注意不到。他想到拜伦的几行诗：

我不寻求同情，我也无此需要；
我收获的荆棘长在我亲手种植的
树上：它们刺伤了我，我流出鲜血：
我早该知道这样的种子会结出怎样的果实。

就是如此！荆棘和流血有点俗套，但是看看诗人真正的激情。了解自身的某些东西——就是这个过程引起了一种愉悦的痛苦，能够将人置于完全不同的境地。有太多时间流失在试图了解别人的努力中。

近年来他有时夜里不睡，手握一个平底玻璃杯，盛着冰凉的巴黎水(要是还年轻，他会喝一杯白兰地)，给马特读诗。一个能欣赏诗歌的人同时也能从性的角度欣赏孩子，这意味着什么？哦，他猜他了解人性的“复杂”，他们只抓住外在的东西，他们本能地从《格雷氏解剖学》的插图前转过头去，而上面提供的是他们内在自我的真实信息；人们为什么对于他们内部运转真正的条理性、他们肌肉的律动，还有——好吧——脉管系统的诗意不感兴趣？他知道这些是一个古怪老人的想法，一个数年来被边缘化、被忽略的人，遭到他自己女儿的刻薄评价。天真的孩子能道出真相？的确，可是不如诗人说得那么好。

他在回家的路上拿了当天的邮件。他在信堆里发现一封美国退休人员协会的通讯、一包购物优惠券、一封本地慈善组织的来信，还有——他差点扔掉了那张传单——一张模糊的复印的照片：

“走失人口”，上面写着，年龄是十六岁。最后一次被人看到是在新罕布什尔的朴茨茅斯。他记起奥德丽站在他的门口。但这个女孩只有十六岁，这会是同一个人吗？他把那页纸拿远一点，眯起眼看。奥德丽的眼睛注视着他，好像他手里拿着一张全息图片。他晃晃悠悠走回起居室，又为要不要报警而反复掂量。奥德丽是马特的朋友，她的来访……所有这些事警察都会有兴趣。他有责任报警——他真的应该如此——可是这一刻他在想，实际上，近来都没人为他做过什么，只会为在墓地四周重修一面毫无意义的墙而骚扰他。他还意识到一点，他不想落井下石，做那个给马特的棺材多敲一个钉子的人，就这么说吧：马特和那个苦恼的十来岁女孩的情谊对他的案子不会有任何帮助，不管两个人之间有没有事儿。凯希尔决定去冲个澡，再打个盹。

他妻子去世这么多年了，他还在用她的多芬香皂。包装已经发黄的香皂这儿一堆，那儿一堆，连食品柜的密封罐里都有。人死了以后，你就会发现他们的秘密囤货。那些小小的、不为人知的东西使他们一点点变得丰满，仿佛他们的生活从未有过足够的维度。或者，这些发现也许会把他们拉得很近，干缩的香烟和藏匿起来的半品脱酒提醒你，你对每个人都知之甚少。

他打开电扇，蜷在床上，醒来的时候是傍晚了，他出了一身冷汗。他发出的声音吵醒了自己，他从梦中挣扎着起来，起得太猛，胳膊碰在了灯上。是一个梦，是已经做完的梦，可是真实得令人心惊。他走到浴室，在脸上泼了点水，冷水却让他本已真切可感的恐惧更加强烈。他几乎是跑下了楼梯，冲过草地，进了墓地。他梦到奥德丽被埋在那儿。几小时前他还看到地面一切如常，可是他去睡觉了，他在梦中闻到新挖的泥土味儿，指甲下面有泥土的颗粒感，他双目圆睁瞪着倒塌的墓碑。

他恐怖的幻觉——他唯一有过的幻觉——居然很应验，尽管细节错误。没有挖掘的迹象，但是泥土上有抓痕，最小的一块碑石倒向地面。但不对——地面没有被挖开。在墓地的中央——他无法克制嘲弄的微笑：最中心——是一坨狗屎，巨大的一坨。一大坨狗屎。拿破仑！凯希尔早先亲手垒好的一些石块又倒了下来，他尴尬地发现自己的活计是如此毛糙。

他回到家里，发现罗迪站在纱门里的走廊上，一只手拿着帽子，另一只手拿着写字夹板。“罗迪。”凯希尔说。

“哎，先生。”罗迪边说边把帽子戴回头上，帽子上写着“雪儿·克罗[1]”。

凯希尔脱口而出：“邻居的狗刚在我后院拉了一大坨屎，真讨厌。”

“狗就得干狗的事儿呗。”罗迪说。

“是啊。”他说。

罗迪清了清嗓子。“大夫，我跟两个我很敬仰的人谈过了，他们对你的门廊装修有两种意见：一个考虑保温移门，就我个人而言，这个方案花的钱多，但我更倾向于采用这个方案。”

“那就用这个方案，罗迪。”凯希尔说。

“第二种意见，大夫，说得更细一点，是汉克的意见，他在

1　雪儿·克罗（Cheryl Crow，1962—　），美国著名歌手、创作人，音乐风格从摇滚、民谣、乡村到流行，均有不凡表现，曾获九次格莱美奖。

埃尔布瑞都。他认为……”

他任由罗迪唠叨下去。如果还年轻，他会多研究一下数字，多问一些问题，但是如果罗迪认为第一种方案最好，他也愿意采纳。

“你朋友的事实在可怕，”罗迪突然说，中间没有过渡切换，“我老婆说：‘你可别提那一出，那不关你的事，你觉得大夫会是什么感觉？别告诉我那流氓没有骗他，因为大夫要不是觉得他是个体面人，不会收他当房客的。’”

罗迪看到凯希尔被这段突然迸发的言语弄得发愣了，便停了下来。他又清了清嗓子——一个情绪紧张时的习惯性动作。他说：“那种人没人会喜欢。我总是听人说，在犯人堆里，你就是杀了自己的母亲，都比是猥亵儿童让人同情。我的汉娜李和小罗迪，你知道的。要是哪个变态敢动他们一根头发，我一秒钟就把他们放倒。那样一个家伙怎么看起来这么正常？”

沉默。最后，凯希尔说话了。“罗迪，”他说，“你认为我这把年纪了，真的应该开始这项工程吗？你认为我能熬过这个冬天来享用它？”

罗迪快速地舔着嘴唇。“噢，大夫，答案你比我清楚。你身体不好吗？”

"不是。"凯希尔说。

"那，要是你认为你的钱有更好的去处，我就不来建了，不过在封闭门廊顶头加一个真正的门廊？我要有了钱就白送你一个。"

罗迪这么说很有策略——把话题从死亡转移到金钱。罗迪攥起拳头，砸死了桌上一只匆匆爬过的黑蚂蚁。"我老婆说了些话，她说：'罗迪，你去那儿好好地安慰一下大夫。为大家做了那么多事，要说他是一时糊涂，可你告诉我谁没犯过糊涂。'她说：'这么一想，我猜时间证明了我是个傻瓜，嫁给了你这么个人，去见一个失去了妻子和朋友的人之前，还要我交待这么多！"

"她说自己嫁给你是个傻瓜？"凯希尔说。

"你见过葛洛里亚·苏。敢情她嫁给我是想着我会给她修个泰姬陵什么的。她怎么想到那儿的？我可什么也没说过。"

"你爱她吗？"凯希尔说。

罗迪抬起头，非常吃惊。"这个么，我不知道。"他慢慢地说。

"我不再爱我妻子了，"凯希尔说，"开始，我以为我只是受不了她那些小毛病——打呼噜，不吃糖尿病的药，每次电话响她都不理，有一半时候是她姐姐打来的。”

罗迪眼睛看着旁边，踢着靴子，想把鞋底下的草踢下来。“就这样行吗？”他说。他深吸了一口气。“噢，这些工程计划，大夫——你愿意给我一些定金吗？我周一早上就能去买点材料。”

“不。”凯希尔说。他等着罗迪脸上显出吃惊的神情，而他确实立刻现出吃惊的神情。“但我会给你的，”他说，“因为封闭门廊的决定似乎是在跟死亡打赌它不会赢。今天我觉得这会是一个好主意。”

“你这么想？”罗迪不安地说。

凯希尔把手扣在一起。“罗迪，”他说，“男人们有多少时候能彼此坦白？我想我们刚才谈到的一些事……我们彼此都很坦率。”

罗迪默默地点点头。

“还有一件事，”凯希尔说，“我从来不信神秘主义，可是人老了，想法会变。你慢慢会发现的。有些东西——甚至是人——消失了，然后其他东西又来填补空缺。”凯希尔停顿片刻。“人生就像拥有一座花园，罗迪，因为难免会有那么一天，鹿吃光了所有的东西，或者你没有去护根，土壤变得贫瘠。很快，便会野草蔓生。所以我猜我想说的是，嗯，料理花园现在对我来说像是年轻人的游戏。当你不再有兴致，或是精力，或是……乐观的精神去收拾的时候，野草就趁虚而入。”他直视着罗迪的眼睛。他简直不知道自己都说了些什么。他说：“你不再热爱某个东西的那一刻，你不再专注的那一刻，坏事和坏人就乘虚而入。”

“这是我听到的最到位的一种说法，”罗迪说，“我回去要告诉葛洛里亚·苏，跟她说说我们讨论的事，不过我可没法像你说得那么好。”

“用你自己的话说就行，”凯希尔说，“你要回家去跟她说这些，我认为你是爱她的。”

他去了沙滩，初夏时节他只去过一两次的一个地方。他打开一张折叠椅，望着水面。

他一直没有就传单的事给警察打电话。他也没有跟布瑞兹提狗在墓地干的事。他试图达观一些：不管是什么，奥德丽和马特的道路是他们自己选择的——两个失败者，不管怎样，他们彼此都不合适。而狗就是狗。人们把自己的情感投射到狗身上，结果当狗干狗事而不是人事时，他们就大吃一惊。

什么是不会改变的？变化是自然过程的一部分。

不过，要理解马特的所为，依然很难。问题不在于马特像他儿子一样，像奥德丽说的那样，而是，有时候马特似乎是一种……什么呢？引导的力量？多么讽刺，想到马特可能会把他引向何处。但是父母自然不会把秘密告诉孩子，正如孩子也会对父母保留秘密。

“不是我干的！不是我干的！”小乔伊斯哭着，手被染红了，她用口红在浴室镜子上写满了“J”字，还有瓷砖，甚至是马桶盖。

“你从来都没有投入过，”他妻子在尚能谈论他缺点的时候说过，“如果你不投入，你就不承担责任。你一直都是这样做父亲的。就好像你在幕后指挥，就好像你的家庭对你而言只是太多的压力。一个疏离的大夫。”

家庭生活的悲哀。爱被一点点磨蚀，直到只剩下一点边沿，而就连这点边沿也最终溃散了。文过饰非地说，跟很多人比，他这个父亲也没差到哪儿去，不过是个平庸的丈夫。有句老话说，你没法选择自己的家庭，但可以选择跟谁结婚，成家……人们很少谈论时间的流逝，而你总是在挑选比家人还亲近的朋友；渐渐地，你更喜欢狗而不是人。他猜想，下一个继任的“家庭成员”可能会是条养在缸里的金鱼。

在他前面有一个穿紧身橡胶潜水服的小男孩，手里拿着没挂鱼饵的钓鱼竿，甩线的手法都是错的，是他学习扔垒球的手法。他的父母坐在毯子上，专注于彼此。

天空呈现出仲夏时节缅因州常有的那种无法形容的银色调，凯希尔擦擦脸，惊讶地发现身上还有太阳的热量。一个真正的缅因州人会戴顶棒球帽。他把身子从椅子上往下滑，过了一会儿，他被尖叫的海鸥惊醒了。炭灰色的天空中横亘着一道细细的淡粉色天际线，风有了一丝凉意。那对夫妇带着小孩走了，留下一个把手坏了的小桶和一堆贝壳。他站起来，折起椅子，用另一只手提上鞋子。

他驱车回家，欣赏着这个美丽的小镇，居民把他们的房屋修葺得如此完美。回到家，他把椅子堆进车库，那条在里面安居多年的乌梢蛇溜到一堆捆好的报纸后面。他妻子的塑料花盆从房梁上垂下来，几根残存的枯茎化为了粉末。他走上走道，看到有什么东西突然窜过房子侧面的一丛灌木。他吃了一惊，脚下踩着砖石的边缘，身子晃了晃，保持住平衡。是拿破仑，喘着气，扑扇着耳朵。

“你给我听着，”他抓住狗的项圈对他说，“你亵渎了一个墓地，你——”他停了下来，自动修订了措辞，怕狗听不懂。“你在墓地里拉屎，撞倒了新墙！”他喊道，“你跟我来。”

他拽着狗走过草坪，尽管那畜生刨着地，爪子像在写乐谱一样划拉着，企图抵挡向前的拉力。凯希尔把狂吠的狗一路拽到墙边。墙塌得更厉害了，不过谢天谢地，墓地里没再看到粪便。“坏狗！坏狗！”他边说边拉扯着项圈。狗不顾疼痛，转头看着他，凯希尔看到的是恐惧。恐惧和不解。悲哀的叫声愈发尖利了，凯希尔意识到他正把狗的鼻子压在一堆不是他拉的粪便上。那是一种个头大得多的动物留下的。当然是这样。看看狗的个头，再看看那堆粪便。

他立刻松开抓住项圈的手，但在完全松开前停住了，因为狗一定会马上跑掉——所有正常的动物都会。

“对不起。”他说着弯下腰，把嘴唇贴近狗的头，是草地和狗的味道，夹着一丝……是熏衣草的味道吗？“对不起。”他说得无比忠诚，好像怕被人偷听到似的。然后，他凑得更近些，冒险放开了项圈，低声道：“我错怪了你。”

诱鸟 *

弗朗西斯将会驾着他的雷克萨斯从缅因州开回去。他妻子伯娜丁那天一早就走了，带着他们的猫，天真汉，回康涅狄格州的家去了。他们的儿子谢尔顿本来答应待在家里，等搬运卡车到的时候帮一把手，可是后来接到女友的一个电话，说那天下午她的飞机将在肯尼迪机场降落。于是他走了——他什么时候不在外面？——不过搬运工不用帮忙也可以完全胜任装卸家具的活儿。伯娜丁是怎么想的——谢尔顿对室内装饰能有什么高见？他知道哪件家具该放什么地方？

弗朗西斯的姨妈去世了，因为他是她仅有的两个在世的亲戚之一，另一个是刘易斯舅舅，他住在加利福尼亚的一个陪助型养老院，所以为她清空夏屋的任务就落到了弗朗西斯头上。刘易斯舅舅只要了碗橱和门厅里的长凳，别的都没

---

* 诱鸟，又称鸟媒，是诱捕鸟兽用的假鸟。猎人常把木雕的假鸟放在池塘中，引诱野鸟。

要，或许可以再要一块手织东方地毯，如果颜色尚好又不太大的话。弗朗西斯把那块大不里士[1]小地毯卷了起来，用绳子扎好，放进碗橱的底层。

几天前，谢尔顿把他父亲拉到一边征求他的意见：他是应该现在就跟女友订婚，还是把法学院的第一年，甚至头两年读完再说？谢尔顿和露西已经讨论过这桩婚事，她似乎并不着急，但是他不愿意让她手上没戴订婚戒指就跑到日本去教英语。弗朗西斯认为露西是个好姑娘，漂亮，既不腼腆也不自傲，只是，虽然接触了很多次，他对她还是有点摸不着头脑。她去年出了两次交通事故，两次都是她开车，但这也不一定意味着什么——三次会更说明问题。关于露西，弗朗西斯最重要的线索是她有一次在家里过夜，第二天早上很晚才下来吃早饭，她穿着 T 恤和牛仔裤，内裤在牛仔裤的一条裤腿上晃荡。伯娜丁低声提醒她，露西满脸通红，抓起内裤，把它从前面塞进了牛仔裤。她对此没有一点幽默感。嗯，他也没法想象在斯特里特曼家（那得是四十多年前了吧？）跟伯娜[2]睡过一夜早上下楼的样子，因为那个年代不会有这种事。他们会叫人把他抓起来的。但是时代不同了，他不反对露西

1　大不里士（Tabriz），伊朗西北部城市，是波斯地毯的主要产地。
2　此处开始，“伯娜丁”有时作“伯娜”，是她的昵称。

跟谢尔顿睡在他们家。他们把茶杯碟放到水槽里，而且也不弄出什么声响。伯娜指出，谢尔顿卧室里的电视从来不开。

伯娜丁说她喜欢露西，但弗朗西斯认为她的喜欢可能有限。作为一个想要女儿的女人，伯娜对其他人家的女儿总是抱怀疑的态度，不过她对露西的怀疑采取了这种形式：先说起一些小小的怪癖，然后飞快地补充："当然，这也不是什么问题。"其中一个不是什么问题的问题，就是露西不会做饭——她的笨手笨脚甚至表现在洗生菜上，她不知道蔬菜脱水器是什么。她在搅拌机和吐司机前退缩，好像她不碰它们都会运转起来一样。她喝茶喝很多，所以会烧开水。但是为什么伯娜试着跟她解释厨房里其他东西的功能时她要抗拒呢？

后来伯娜开始在一些奇怪的地方发现香蕉皮：扔在花园里一丛花后面，或是塞在一个花瓶里。"还好衣物壁橱里没有。"伯娜尖酸地说。她在垃圾筒里发现有两三块香蕉皮被塞在了用完的卫生纸筒里；她还发现烘干机收纳棉绒的小废物罐里埋着一块。

"你怎么想？"她问弗朗西斯，"是某种饮食失调吗？还是对什么事有意见？"

"看来她意识到了我们是猴子。"他说着撅起嘴，钩起指头挠挠自己的肋骨。

“弗朗西斯，这不好笑，这很烦人。我从来没见过藏匿香蕉皮的人。”

“你怎么知道不是谢尔顿干的？”

“你见他带过什么食物回这个家吗？他甚至从没吃着一根糖果棒进门。我从没见过他喝外卖的咖啡。他太懒了，他完全指望我把吃的买回家。”

弗朗西斯放下报纸，从眼镜上方看着她。“也许是一种交配仪式。”他说，可是她已经离开了房间。

现在弗朗西斯站在他姨妈家的门厅里，琢磨着是否有必要在房地产经纪人回来以前把吸顶灯卸下来，再换一个不太昂贵也不那么特别的。这需要猜透看房人的心思：他们是一看到这个华贵的顶灯，就会全盘接受呢，还是会一带而过，然后男人关心地下室，女人关注厨房？他刚考虑给伯娜打电话问问她的想法，就看见“伯威尔小子搬运公司”的卡车开上了车道，车轮卷起的沙砾飞进了芍药花坛。一朵蜀葵像梭镖一样飞了出去，低垂的树枝桠被撞断了。

两个穿着便裤和深棕色T恤的男人跳了出来。“菲尔德先生吗？你好，菲尔德先生，”他们中更魁梧的那个说，

“搬运日，菲尔德先生。”另一个男人说着从副驾驶座上取出一个写字夹板，他的T恤口袋里有几根羽毛。“我是吉姆·蒙哥马利。这是我的搭档唐·欧罗克。”

“唐，”他的搭档回应道，“我们会把活儿干好，保证你没理由惦记我们。”

两个男人走上前来跟弗朗西斯握手。吉姆从口袋里的羽毛中间抽出一支钢笔。“在这条线上签上你的大名，我们就开工。”

弗朗西斯签了表格，把搬运工带进屋里。“我姨妈的夏屋。”他边解释边带他们在房子里很快转了一圈。他猜这一带的人都知道他姨妈去世了，不过，当然了，他没有理由猜想她曾见过这两个人。

“姨妈家具不太多，”吉姆说，“是个老太太？”

“九十岁。”弗朗西斯说。

唐吹了一声低沉的口哨。“活到了九十，然后进来两个骗子，搬走了所有的东西。”

吉姆蹲下来查看一张边桌，又看看弗朗西斯。“你给我们最后要搬的东西做了标记吗？”

“两件都在门厅里。碗橱和长凳。”搬运工之前告诉伯娜，他们会把这两件家具转给另一家搬运公司，再由他们运到加州。

“那我们就开始了，”吉姆说着转过身对着唐，“那句说我们是骗子的话，我先不追究。”

“我们在那家 7-11 便利店拿了些六瓶装的水，”唐冲弗朗西斯笑笑说，“去拍卖会买东西，磨一磨，打一打，故意做旧。”

弗朗西斯点点头，想让他们明白，不管他们做了什么，他都不打算发表意见（他无所谓），是他妻子联系的搬运工。她是那么说的吧？——房地产经纪人推荐来的。

吉姆和唐开始互相发号施令，把家具搬到房子的中间，快速地走动着。弗朗西斯转过身，假装要上楼有事。他回头看到地板上有个小东西，又走回去瞧是什么，这时两个男人正把谢里丹沙发搬出门。那是吉姆的羽毛。他把它放在椅垫上，吉姆一定会注意到的地方，然后回到楼梯上。他往上走了三步，四步……接着停下脚步。透过窗户，他看到一根断枝在搬运卡车的前挡风玻璃上晃荡。在台阶上，一个灰团被门外吹进的微风掀起，掠过他的脚边。他的姨妈活到了九十岁，他六十六岁。他的儿子二十四岁，他飞快地算了一下，二十四正好是他姨妈和他之间相差的岁数。这一计算毫无意义。

弗朗西斯做律师很多年了，他认为他儿子完全不是这块料。但他适合做什么？他功课一直是稳打稳的B+，但法律考试成绩很好，他还有两封非常出色的推荐信，外加一封伯娜帮他联系他们的众议员写的。谢尔顿打网球和高尔夫球，如果这也算数的话。律师一向被人诋毁嘲笑，热情大概并不是必要的品质。但他还是想象了最坏的可能：谢尔顿会跟露西订婚，只是为了不让别的男人得手；还有，诚然，露西确实有饮食失调的问题，而且，即使她没有这方面的问题，偷偷摸摸也是个问题；谢尔顿会开始在法学院的学业，然后辍学——弗朗西斯完全相信事情会这么发展——然后他跟露西会重新考虑，虽然那时他们如果已经结了婚，或者她已经怀孕，就为时已晚了。她怀孕了，这就是为什么她要吃香蕉，弗朗西斯此时站在他姨妈的楼梯台阶上，恍然大悟。两个搬运工来来去去，完全没有注意到他。她要回来了——露西会从东京提前回来，因为她怀孕了。他和伯娜丁要做祖父母了。谢尔顿会被诸多责任搞得不知所措。他的生活将只有外卖咖啡，他即使想看书也不会有时间。他将会跟一个他不爱也不爱他的女人在一起。

"那根羽毛。"弗朗西斯说，他站在（他怎么去了那儿？）起居室里。吉姆和唐大汗淋漓。写字夹板在桌上。两根羽毛都在吉姆的口袋里。钢笔搁在写字夹板上。

“怎么了？”吉姆拍拍口袋说。

“是从哪儿来的？”

“从哪儿来？从鸟身上来。我捡这羽毛是因为我不认识，而这一带的鸟类我都知道。飓风之后鸟少了很多，今年春天又来了一些以前不来这里的鸟。明显是些大鸟。我家里有书，我要查查看。”

“你打猎吗？”弗朗西斯问。他屈从于自己的紧张情绪，开始闲聊了。

“当然，”吉姆慢慢地说，“打猎，钓鱼。不过我打鹿只用弓箭。你不是那种因为别人要吃肉你就不高兴的人吧？”

“不，不。我只是好奇。因为你对鸟有兴趣，我就问你是不是也打猎。”

“知道他还做什么吗？”唐插进来说，“他的雕刻手艺可有名了。”

“哦？”弗朗西斯想不出别的话讲。

“诱鸟。”吉姆平静地说，几乎有点害羞。

“人们都买来收藏呢，”唐说，“真正的艺术才能。他跟他祖父学的手艺。他祖父的东西收藏在康涅狄格州哈特福德的那个博物馆里。你肯定去过。”

“华兹沃斯艺术博物馆，”弗朗西斯说，“离我住的地方不算太近。”

“噢，你要是去，就找罗伊·杰伊·布鲁菲尔德的诱鸟。东西美极了，我这位朋友就是这门艺术的继承人。”

“我想看看你的作品。”弗朗西斯说。

“你想看？”吉姆说，“我住在一个跟这房子的起居室差不多大的作坊里。老婆三年前把我赶了出来。你有兴趣看看我做的诱鸟？”他又说了一遍，似乎难以相信。

弗朗西斯点点头。

“我跟你说，”吉姆说，“那你上楼去，像你刚才那样，一个小时以后我们就出发。你要是认真的，我们可以在回康涅狄格的路上拐一下去我家。”

“哦，我是认真的。很认真。”弗朗西斯补充道。对啊：他刚才还在上楼，接着时间突然发生了扭曲，现在已经过去很久了。这会儿如果飞机已经准时降落，露西应该在通知谢尔顿了。生活就是这么发生改变的：有人会告诉你这事那事。

搬运工重新开始给对方发号施令，家具被抬起来，移到其他地方，然后再选择一件物品，把它搬下楼梯，放到车道上，那辆大卡车就停在那里。弗朗西斯又在考虑给妻子打电话，不过他意识到她一定还在开车回家的路上，不会接手机的。她也许会停车去买食物。大多数时候都是她买食物，只是他俩胃口都不大。他们的儿子长得更高也更壮，吃得比他们多，不过他是骨架子大，倒不是肥胖。他六英尺高，相貌堂堂，一头浓密的鬈发，戴一副时下年轻人都理直气壮地戴着的方框眼镜。他在大学里写的长篇小说变成了中篇，后来完全放弃了，只是对有些章节还迷恋不已，就用来申请各种艺术硕士专业学位，却没有一个学校接收他。好还是差？弗朗西斯也不知道；谢尔顿不愿给任何人看他写的东西。他大学毕业后整整一年过去了，这一年他住在他们的阁楼上（弗朗西斯觉得他有点矫情），开始写第二部小说，但又放弃了。随后他搬了出去，跟一个大学同学做了一年多事，帮同学父亲的公司办理订货，还去伦敦出了趟差。再往后——到底是怎么回事呢？——他的租约过期了，他又搬回家里，不再住阁楼，住回了老卧室，把墙面漆成了炭灰色。周末露西常跟他待在那儿。

他们打算怎么办？生下孩子，就住家里？

弗朗西斯爬上二楼，他妻子已经把他姨妈的衣服装进纸箱，准备捐给慈善组织。他姨妈的卧室里贴着法式古典印花墙纸。到最后的时刻，他姨妈因为服用了大剂量的止痛片，以为她是躺在一张卧榻上，一群法国贵族围在她身边，女人戴着插羽毛的帽子，举着阳伞，男人骑在马背上，都在等她给出信号，然后打开香槟酒庆祝。贵族们，在缅因州乡间一所房子二楼上一间九乘十二英尺的卧室里。谁知道她为什么会把他们都想象成淡蓝色？也许他们很冷。

他姨妈被诊断出胰腺癌之后，两个月不到就去世了。当她打电话告诉他们癌症的坏消息时，他和伯娜开车去她家探望，他们哭个不停，想不出任何乐观的话说。他姨妈把珠宝硬塞给他妻子，虽然伯娜是那种“少废话”的女人，平常除了婚戒和一块天美时的手表什么都不戴。他姨妈跟他们讲了自己称为“家庭援助”的明智计划。她莫名其妙地叫他更换门厅里的灯泡，可是他没有立刻去做，却又聊了很多——伯娜坚强归坚强，也一直非常难过。那天晚上离开的时候，他忘了他姨妈吩咐的这件小事。他一直都没记起来，直到她去世的那天。

每个房间里都有一丝淡淡的氨水味，他想这也许就是他眯眼睛的原因。伯娜把百叶窗都打开了，房地产经纪人告诉她，这样，房子就会显得更宽敞。那么他姨妈的灵魂到哪儿去了呢，他想，是在一片混乱的淡彩中徘徊片刻，然后漫过窗户——那美丽的磨边老玻璃——栖落在现在已被撞烂的树上吗？如果是这样，她算是安全着陆，在搬运车开进来以前就早早离开了。

弗朗西斯从来不知道给搬运工多少小费合适。现在的数目可能比他预想的大多了，因为在一家体面的餐厅吃饭平均要付至少20%的小费，不管服务有多冷淡。他在想看到诱鸟是不是就意味着必须买下一只，如果是这样，那要花多少钱；还有，他是不是应该在去吉姆的作坊前付小费，否则买诱鸟的钱就会跟小费搞混。或者，如果他提前给了一笔慷慨的小费（不管慷慨意味着什么），诱鸟的价钱会更合理一些吗？

他把雷克萨斯倒了出去，跟在卡车后面上了车道。吉姆比弗朗西斯预料中开得更快，但是他一直跟着。他拍拍口袋确认手机放在身上。他们开了一段时间，然后拐上一条起伏不平的道路，有人在路面上放了红黑相间的锥形路标，指示那里有深坑。这里的房子比主路上的小。他有那么多事要做，可是现在却跟两个男人开进林子里去看诱鸟，这到底是在干什么？这像是会发生不测的那种情形，不过他凭本能觉得不会有事。即便如此，他还是能想象自己在法庭上，带着一丝怀疑的语气问被告：“你跟这两个陌生人去了他们的一处房子？”

道路分岔了，卡车减速，吉姆摇下车窗，用拇指指向右边。弗朗西斯犹豫了。卡车继续往左，开进了一片田野。他想他的理解没错，就开上了右边的岔路，停在一座孤零零的小板房前。房前没有树，只是旁院里有一丛半死不活的灌木。那房子，真的非常小。他又听见自己在法庭上的声音："你没有犹豫就下了车？"

他下了车。唐和吉姆朝他走过来。他从他们的脸上可以看出，没什么好害怕的。唐拿着一罐赛尔脱兹矿泉水。吉姆站在他的小屋旁边显得块头更大了，他手里拿了一串钥匙，不过他没有用其中任何一把来开这没上锁的门。

"以前我在迈洛住一所维多利亚式的房子，"吉姆说，"老婆有天回家，说她要确保我离开她的距离不得少于十英尺，而且没有任何理由！我这一辈子也没动过女人一个指头。可你要是个女的，你就能大摇大摆走进警察局，拿一道指令，让一个男人远离你的住所，就好像那不是他的住所。"

"婊子。"唐的声音小得几乎听不到。

"你有孩子吗？"弗朗西斯问。

"孩子？"吉姆说，显得有点困惑。"对，我们有个小孩，出了一堆问题，没法在家解决。就是那些倒霉事。"他说。

唐移开目光，用脚尖踩着一棵结了种子的蒲公英。

"很抱歉。"弗朗西斯说。

唐说："我有个老婆，没小孩，一条斗牛犬。我半辈子的家当都塞在她兄弟的一个储藏间里，因为气球式按揭[1]到期，我们只好缩减家当，缩减到了我老婆兄弟家的车库里！你知道我的意思吧？"

他的确知道。"是的。"他说。

吉姆把大钥匙圈扔在工作台上，工作台几乎占据了大半个房间。屋角有一张单人床，一只猫躺在上面，长得有点像天真汉。猫抬起头，又蜷到一边继续打盹。床对面的屋角有一台棕色的冰箱，墙上安了一个水槽，马桶在水槽旁边。他没看到淋浴头。

"坐吧。"唐说着拉出一把帆布扶手折椅。弗朗西斯数到七张这样的椅子，大多数跟第一张相似，但没算上那张凹陷得特别厉害的。

"你要来杯啤酒吗？"吉姆说。

"好的。"弗朗西斯说。他对自己说，我不能给妻子打电话，否则该怎么解释我在哪儿？他伸手去拿那罐银子弹啤酒，冰凉冰凉的。他都不记得上一次喝啤酒是什么时候了，

1 气球式按揭，一种按揭贷款品种，要求剩下的本金余额在规定时间付清。可安排分期付款，例如在三十年内付清，但要求在第十年年底付清全部的本金余额。

他一般都喝加冰的苏格兰威士忌。他举起罐子，他们仨都举起了罐子，默默地为不知什么而干杯。

看样子，吉姆最近没有在工作台上做什么东西。那上面有成堆的报纸、碗碟、一个看上去像是马鞍的一部分的物件，还有些羽毛。弗朗西斯希望他能看到一些木片。工作台似乎太低了，不适合雕刻——你得站着雕刻，不是吗？他宽慰地看到有几件工具，但是他盯着看的那件似乎生锈了。“好吧，我来把它们拿出来。”吉姆说着跪了下去。

他从桌子底下抬上来一个盒子，打开盖子，展开里面的一条白色毛巾。盒子本身做工精致，盖子背面的木头上蚀刻着“绿头鸭”的字样。吉姆取出一只鸭子，放在桌上。

“真他妈的不可思议。”唐说着摇摇头。

吉姆后退一步，清清嗓子，语气相当正式地说：“有些人不这么做，但我给绿头鸭用黑色的眼睛。十毫米。”他补充说。弗朗西斯拿着他那罐啤酒，站在那里低头看。他不知道该不该伸手触摸。鸭子相当逼真，美丽极了。他试探性地往前移动，他动的时候唐说：“我帮你把啤酒拿走。”说着从弗朗西斯手中抽走了啤酒罐。

弗朗西斯把诱鸟拿在手里，放远一些，这样他不用戴老花镜就可以看清楚了。吉姆又拉出其他盒子。“还要做一只，然后我就把它们运走。一个在得克萨斯州奥斯汀的家伙。他的收件人地址写的是一个美术馆，所以如果他不清楚自己在干什么，估计也没什么关系。”吉姆说。“那家伙除了绿头鸭什么也不要，那好，可是你要是真的去放诱鸟，嗯，没错啊，你就有绿头鸭，绿头鸭，绿头鸭，绿头鸭——一大堆绿头鸭。可你要是放进去这么一只——”他把另一个盒子放在桌面上，展开一条沙滩毛巾，“这是你的白鹭。你把所有那些绿头鸭放那儿，但你要是真的打猎，你需要一只像白鹭这样的，一只知心诱鸟。”

弗朗西斯从来没听说过这个词，但是他能明白。不管怎么看，这只白鹭都是一件真正的艺术品。

“是啊，就像那些又美又自然的东西，”唐说，“一只白鹭正好站在旁边，对吧？也可以是其他的。乌鸦。得混杂一点儿，不然鸭子就该起疑心了。‘嗨，看那儿，那么一大群，还有一只白鹭在游荡。咱们过去吧，看能不能加入它们的派对。’”唐把他和弗朗西斯的啤酒放在桌上。“砰！”他大声地说。

“就是这意思。”吉姆说。

“你给得克萨斯的那个人做了多少只？”弗朗西斯问。他为雕工的细节而惊叹。他注视着那黑色的眼睛，它好像在回看，因为反射光的作用。

“刚超过一打。他要真是个猎手，那或许他一直运气不好，不过从他的样子和说话的方式来看，我很怀疑他是不是猎手。等他拿到这只知心诱鸟，运气就来了。可能稍微过头了一点，雕了一只白鹭，不过管他呢。你知道吗，要是你在田野里看到鸟，会发现大多数都在吃东西，可是总有至少一只，充当哨兵的角色。你雕刻的时候要想着这些。想着整群鸟的样子。”

“嗯，细节简直不可思议。你说这是跟你祖父学的？”

“我嘛，自己也学了一些东西。去看一些美术展，有些启发。”

“名字的部分由我来做，”唐说，“我有一套工具。我在夜校选了一门特殊字体的课，秋天开始。”

“书法，”吉姆说，“我们是个团队。”

“我想知道如果有人不打猎，只想要一只绿头鸭作为一件精美的手工艺品放在案头，你会不会不高兴？”弗朗西斯问。

吉姆耸耸肩说：“对我来说都一样。”

“我能问问价钱吗？”

“二百二十五，”吉姆说，“眼睛的成本最近蹿得很高。”

“每一分钱都值，”弗朗西斯说，“它们——我相信它们很有用，但只是让人观赏和沉思……”他的声音放低了：“你有时间给我做一个吗？”

“我就是做这个的，”吉姆说，“当然可以。”

“好，我能先付你一些定金吗？这一笔，当然还有小费，看你开车那架势，你肯定能比我早开到我康涅狄格的家！”没等回应，他就把手伸进裤子后面的口袋里。他的手指滑下去，钱包不在那儿。他马上拍一拍夹克的口袋，里面只有手机。然后他把椅子往后拉，感觉到自己吃惊得脸都红了。他差一点想跑出去看看钱包是否掉在了地上，但又使劲提醒自己，这么慌张马虎，没有好处。他走回汽车，感觉到两个人在后面默默地商量着，也在找。钱包里全是现金，因为他知道自己需要付小费。不带驾照怎么开车呢？他得通知银行，美国运通，太多地方要记着挂失。

“不走运。”吉姆拿着一罐啤酒向弗朗西斯走过来说，“回那房子看看值得吗？应该可以，是不是？”

“可这不是你的问题。”他说。

“这种感觉可糟糕了，”吉姆说，“我前年夏天在波士顿看红袜队比赛，钱包被偷了。搞得我麻烦不断。你想会忘在你姨妈那儿吗？”

"不可能。我是说,有可能放在那儿,但我会注意到的。那儿都搬空了。"

"我们把卡车留在这儿,开你的车去,"吉姆说,"也许会出现的。"

"没有用,"弗朗西斯说,"我能想象出我站的位置,我知道它不在那儿。"

"你不一定知道,"唐坚持道,"走吧,我们回去。我们开的快车准会让你印象深刻。"

天快黑了。弗朗西斯感觉糟透了,好像失去了一个朋友。他以前只丢过一次钱包——其实是忘在一个宾馆房间里了,还给他的时候钱包空了。他试图安慰自己,六十六年里丢两次钱包不算太糟,可是这两次都发生在最近这一年。他闭上眼睛,想象他当时在二楼房间里站着的情景。这是他身为律师的自我训练,在脑海里重现情境——具体的情境,而不是抽象的,比如一个想法。

"你在祈祷还是什么?"吉姆说着伸手来拿弗朗西斯的钥匙。弗朗西斯耸耸肩,把钥匙递给他。至少他的钥匙还没丢。

吉姆开车的架势好像后面有人在追,他走了一条开卡车时避开的小路。他们开上房子的车道,下了车,吉姆在草坪上走来走去，趁着最后一点微弱的天光。弗朗西斯和唐到屋里去找。弗朗西斯在楼下找了起来，他觉得彻底没救了。接着他听到有人在楼梯上快步走。“金子找到了！”唐几乎是即刻就大叫起来，“搜索结束。”

难以置信。事情就这么收场，如此轻松？如此完美？他不敢相信自己的耳朵，人站在那里，头转向唐的声音发出的方向，疑惑不已。他只稍稍放松了收紧的胃部。

“这是什么？是钱包吗？”唐说着，踩下楼梯的最后一级台阶，走进门厅。

就在那一瞬间，从不多疑的弗朗西斯意识到，钱包消失是因为被唐拿走了，藏在了什么地方，本打算之后再回来取。可是他为什么又坚持让大家都回到这儿来？他为什么这么快就把钱包找出来，快得令人起疑？唐为什么要这么做？

“天哪！”吉姆说，唐和弗朗西斯从屋里出来的时候，他在唐的背上飞快地拍了一下。“他找到了！就这么找到了！看！”

这一刻弗朗西斯本也应该给唐一个拥抱。但他知道钱包是唐拿的。好吧：也许是从他口袋里掉出来的，但是唐后来看到在地板上，他要么放进了自己的口袋，要么搁在什么地方，回头来取。弗朗西斯对事的直觉很准，他知道这个得意洋洋地站在他面前的家伙拿了他的钱包，又还了回来。因为他想让他的朋友看得起，弗朗西斯心想。他想让他这个更有才的朋友对他刮目相看。唐就像是那些自己纵火的消防员，好在扑火的时候充当英雄。

“你究竟是在哪儿找到的？”他们回到车上的时候，弗朗西斯转身看着唐问。

“在门厅的书架上，”唐回答，“就在那儿放着。”

弗朗西斯在脑海里回顾了一下，不记得自己曾经靠近过那个书架。

车又拐进黑暗的小路，吉姆似乎来了精神。后座上的唐变得沉默了。这沉默简直让人发疯，但弗朗西斯觉得自己不是司机，打开收音机有点不礼貌。他肯定不会选择唐和吉姆爱听的那种音乐。他坐立不安，从胸前的口袋里拿出钱包，凑近了看：装满现金的钱包像手风琴一样展开。“我想我应该现在就把那两百二十五块钱给你，不只是定金。这样行吗？”他说。

“呵，我可不会拒绝这样的提议。”吉姆说。

“还有，除此之外，我还想谢谢你动作这么快，把东西都好好地搬了出来——我是说你们俩，”他连忙补充，“我比你们俩年纪大多了。”他说：“所以能让我问个难为情的问题吗？”

“什么问题？”吉姆说。

“我从来不知道搬家的时候，该给多少小费。我这辈子都不知道。有什么——”

“跟你给妓女的小费一样。”唐说。

“你说什么？”弗朗西斯问。

“他在开玩笑。”吉姆不快地说。

“不，我没有开玩笑。你不给妓女小费吗？她们说一个价钱，你得付钱，但是如果你真的对她们的表现很满意，你难道不会给她们一大笔小费，然后再次光顾吗？”

“到了我这个年龄，我不敢说我还会不会有搬家的活儿找你们，除非是把我们送进养老院。”弗朗西斯说。

“你从来没找过妓女，是不是？”唐说。

“闭嘴。”吉姆说。

“我不是炫耀，”唐说，“我在科威特的时候从没找过。我在拉斯维加斯找过一次，在“战斗区[1]”找过一次，那个女的几乎是把我拽下车的，她真恐怖，不过拉斯维加斯那个是红头发。”

---

1 战斗区（Combat Zone），波士顿合法的红灯区。

“我去过拉斯维加斯，”弗朗西斯说，“不过你说得对——没找过谁为我服务。我跟休·赫夫纳[1]在一起，他不得不飞到那儿去接那个月的玩伴女郎[2]的姐妹，是十一月小姐还是什么，帮她把她的双胞胎姐妹送去做康复治疗，她们只有十七岁，撒谎说十八岁了。”

“什么？”吉姆说，“你在骗我们吧。”

“没有，”弗朗西斯说，语气里带着一丝说真话的人才有的不屑，“没有，休·赫夫纳找我咨询一桩法律事务，我到现在都还不能透露是什么事。我们在飞机上谈事，因为我们估计很快会有一次庭审。我发现他其实是个绅士。这是他穿着睡衣到处走以前很久的事了。”

他们沉默地开了一会儿。然后吉姆问：“那个姑娘后来还好吗？”

“她完成了康复治疗，但死于一次滑雪事故。”弗朗西斯说。他觉得那仿佛还是昨天的事：赫夫纳电话中嘶哑的声音，直冲他耳朵里去。

“我看你可不像那种会跟休·赫夫纳出出进进的人。”唐说。

---

1 休·赫夫纳（Hugh Hefner，1926—　），美国实业家，杂志出版商，世界最知名的成人杂志《花花公子》的创始人和主编。

2 《花花公子》杂志中作为“当月玩伴”出现的女模特。

“我曾是个律师。律师跟各种各样的人打交道。”这句话悬在空中没有了下文。他还是不知道小费该怎么算。他决定推迟支付小费，等家具搬下车以后再说，也许本来就应该是这么做的。

等他们开着卡车上路的时候，已经过了十点。他们开了一会儿，然后弗朗西斯把车灯闪了好几次，最终，吉姆做出反应，把车停在了路边。夜深了，弗朗西斯很疲惫，他问吉姆，他们是否能找一家汽车旅店住下来。两次绕路花了他们几个小时，弗朗西斯此时已很难保持清醒了。他也担心吉姆，执意要替他们出房费。吉姆想了一下说：“好吧。”

半小时后，他们在汉普敦旅店要了两个房间，弗朗西斯把一叠折好的钱递给吉姆。“诱鸟的钱。”他郑重地说，这时夜班员工把房卡交给了他们。唐在卡车里睡着了，他知道他们到了哪儿以后，从车上跌跌撞撞地下来，脚步踉跄。他站在门外人行道的那一边，眨巴着眼睛，头发乱糟糟的。他看起来年轻而又无助，有那么一刻，弗朗西斯对他同情起来——他冲动行事，又为做了的事感到后悔，因为他毕竟本性不坏。他们俩都过着艰难的日子，参加过海湾战争，孩子又有精神问题。

吉姆说如果弗朗西斯确定要跟着卡车走，他一早会叫醒他。为什么他要跟着他们？但是弗朗西斯坚称他要。然后吉姆和唐跳进卡车，开到一个很远但是灯光明亮的区域，员工说那儿是停放大型车辆的地方。他们没有互道晚安，各自进了各自的房间。

“伯娜？”他坐在床边上打电话。

“上帝！我以为你永远不会打电话回来了！”她说，“你在哪儿？”

“一家汉普敦旅店，”他说，“事情很糟吗？”

“糟透了，”她说，“露西的母亲打来电话，像个疯女人似的，她忘了东海岸有三个小时时差，可怜的露西一筹莫展，还要安慰她。还有，弗朗西斯，我真没法相信，可是谢尔顿根本帮不上忙。他出去散步了！散步！我要是露西，就再也不跟他说话了。”

禁止吸烟的房间里有股香烟味。这类事还会让他惊讶吗？没有监督，人们就不守规矩。他用拇指和食指掐掐鼻子尖，松开手。鼻子还在痒，他揉揉鼻子。“她母亲为什么那么焦虑？”他说。

“紧急着陆啊！你以为她焦虑什么？死了三个人。”

弗朗西斯张大了嘴。“紧急迫降？坠机了？”

“你没听广播吗？没听吗？”

"没有。"他说。

"你没听？那你问事情是不是很糟是什么意思？"

"我是以为他们俩之间有问题。"他说。

"我以为你听广播了。他们差点不让幸存的乘客离开机场。调查人员还来咱们家了，弗朗西斯，天刚破晓。说是飞机上有人告诉他的邻座会发生事故。弗朗西斯，去打开电视。"

弗朗西斯没动。他听着她的话，惊呆了。

"还有，弗朗西斯，"她说，"我一点都不明白，咱们怎么养了一个这样的儿子，不去帮着安慰可怜的露西——反倒大摇大摆地出去散步了。

"也许他活在自己的世界中，就像他的父亲。

"这不是责怪我批评你的时候，弗朗西斯。不管你们是不是活在你们的小世界里，在更大的这个世界里，可怜的露西跟那个死了的人只隔了两个座位。"

"太可怕了，"他低声说，"他散步还没回来吗？你看我跟露西说话能有点用吗？"

"我已经给了她一片安必恩[1]，可怜的孩子。她母亲歇斯底里地念叨美国政府，想给我们都上堂公民课，还扯上了伊

1　安必恩（Ambien），一种治疗失眠的药物。

拉克战争。这女人真恐怖。”

“露西在楼上睡着了？”他问。他突然觉得自己筋疲力尽。

“是啊，当然了。你以为呢——我会让她睡在沙发上吗？”他妻子的声音变调了。

“我们明天一早就到。”他说。

“谁是‘我们’？”

“搬运工。我的钱包出了点差错，路上耽搁了。我想最好让大家在汽车旅店住一夜。明天一早我们就出发。”

“你说‘差错’是什么意思？”

“其中一个拿了我那该死的钱包，又后悔了，后来还回来了。不过跟他们俩一个字也别提，你明白吗？我想保持友好，搬完东西就完了。”

她吸吸鼻子。“我猜现在太晚了，我大概没明白你的意思，”她说，“你拿回了钱包，你和搬运工将会上路。好的。可是告诉我，弗朗西斯——咱们的儿子回来的时候，我该怎么说他？”

“我看，说他是个麻木不仁的混蛋。”

“我想我不该跟他发火，”她静静地说，“露西的母亲惹她不高兴的时候，他非常生气，好像那是露西做的。”

“去睡觉吧。”他说。

“我们养了这么个幼稚的白痴。”她说。

他点点头，可是她当然看不到他点头。“睡吧。”他又说了一遍。

“他脑子里缺了根弦。”她说。

“明天一早见。”他说。

“你钱包拿到了？都没问题了，是吗？”

“没问题了。”

她说：“看在上帝的分上，打开电视吧。”

在欧式自助早餐区，他看到吉姆独自坐在一张圆桌旁。吉姆在一张纸巾上放了两个丹麦酥皮果子饼——弗朗西斯肯定那是给唐的。桌上放着一杯咖啡，盖了杯盖。“今天早上才听到新闻，”吉姆说，“好像不该有那么多飞机事故。”

“他们知道原因了吗？”弗朗西斯问。

吉姆看着他。他看起来比他们入住的时候还要疲惫。他眼睛下面有黑眼圈，像浣熊。“他们说的都是他们想让我们听的。”他说。

“你的朋友唐，”弗朗西斯说，把一把塑料椅往后拉，“他显然很崇拜你。”

“他希望我们俩把我儿子接出来，我们照顾他，你明白吗？去申请社会福利，然后我们照顾他。”吉姆摇摇头。“他是好样的。”他说。

“那事一点可能也没有吗？”弗朗西斯问。

“不，没有，”吉姆说，“你不用想都知道。”

“那他是想错了。他显然很崇拜你。”弗朗西斯又说。

“是啊，不过可不是‘断背山’。”吉姆说，咬了一大口百吉饼。

弗朗西斯再次尝试：“我想他可能会做些——可能会做些什么事——来引起你的注意。”

“来吓唬我还差不多。我儿子是个杀伤性武器，”他说，“没有一个医生能说出，除了精神病院，还能有什么人在什么地方照顾他。”他站了起来。“十分钟后，大门口见。”他说。

弗朗西斯站起来去拿咖啡。“我希望我问唐的想法是否可行的时候没有冒犯你。”他说。

“没有，只是唐不是我的孩子，可有时候我觉得他是。”吉姆摇着头往门口走去。然后他转过身。“如果是他给你施压让你提出要买诱鸟而你不想要的话没关系，我不会不高兴的。”

“他没有。我是很想要一只。你的手艺很精湛。你真的是个艺术家。”弗朗西斯说。

吉姆慢慢地点着头。“我祖父手艺更好，那是二十年前了，不过我一直坚持，时不时地学点新东西。”

“价钱非常合理。”弗朗西斯说。

“我发现钱多点少点，日子都差不多。”

“你没觉得因为某些原因，必须给我报个低价吧？”弗朗西斯问。

吉姆看着他。

“你知道，我家里气氛会有点紧张。我儿子的女朋友就在那架飞机上，已经够糟糕了，而且她还怀孕了，他却不想跟她结婚。”

吉姆的脸上闪过一丝关切。“你今天真是不停地给人意外。”他说。他似乎在考虑是该继续往前走，还是待在原地不动。“叫他别结，”他说，“要是他愿意考虑你的意见的话。”

“我想让你们做好准备，因为气氛可能会有点紧张。”弗朗西斯说。

“我们就把家具搬进去，然后就撤，”吉姆说，“我们只是搬运工。”

“我妻子有时会用冷淡来应对焦虑。”

吉姆点点头。“没打算跟你妻子做朋友。”他说。

“五分钟？”弗朗西斯说。

“差不多。”吉姆说着转身走过早餐区色彩杂乱不堪的地毯，就好像是破万花筒里的碎片，狂乱的颜色上撒满了碎屑。

“你的朋友唐，”弗朗西斯说着从吉姆身后走上前去，“他有时像个坏孩子吗？会做不该做的事？”

“可不是，”吉姆说，“可是又能拿他怎么办？”

“我也不知道拿我儿子怎么办，”弗朗西斯说，“就像你说的——他是我儿子。他不大可能听我的话。”

吉姆点点头。“劝他不要跟他不愿意结婚的人结婚，值得一试，”他说，“人生没有多少惊喜。”

“我也正是这么想的。”弗朗西斯说。

“朋友，家人，他们每一次都能伤到你。”吉姆说。

这一句，让弗朗西斯肯定了吉姆知道唐和钱包的事，或者他至少知道唐做得出来，把丢了的钱包藏起来，回头再来取。否则，他们一直在谈什么呢？朋友和家人？

弗朗西斯深吸了一口气，走进让人压抑的灰墙卧室，露西脸朝窗户躺在里面。她已经告诉他妻子，她和谢尔顿之前一直在写信交流，他们决定分手，但是最后一刻她在东京给他发了邮件，让他来机场接她。然后她做了一件很差劲的事：她终于能够离开肯尼迪国际机场的时候，坚称就算她死了他也不会关心。她两样都想要：跟他分手，还要让他爱她。露西告诉弗朗西斯，谢尔顿当时平静却又冷漠地指出了这一点，她不让步，他就大步走出了房子。所以事情并不像伯娜汇报的那么简单。

不过，他知道还有更多隐情。她看起来不像怀孕了，但也许是因为肚子还不太显，或者是她已经做了什么手脚。

“露西，”他说着在床上坐下，“我做律师的时候，因为相信直觉，所以总是成功。我清理思绪的时候总会闭上眼睛，任思绪四处飘游，直到我对自己承认我知道的事。露西？”

“你和你妻子对我都很好。我不知道你儿子为什么要跟你保持距离，但是我在这儿的时候不知为什么，我也学他的样。我猜我是过于警惕，因为我父母总让我崩溃，尤其是我母亲。”

“我们别偏离轨道，”他说，“因为我的想法四处游走，我会在不应该偏离轨道的时候发生偏离。我在别人还没注意到的时候辞去了律师的职务——见好就收最好。但是我近来胡思乱想，我的直觉告诉我你怀孕了。”

她翻过身来，瞪大了眼睛看着他。可能是背景——灰色的墙——让她看起来格外苍白。“你怎么可能知道？”她低声说。

“你想知道吗？是因为香蕉，”他说，“虽然是伯娜先注意到香蕉皮的。”

“哦，上帝。”露西说。她又翻过身去面对着窗户。

“但是她没有把事情联系在一起，”他说，“我开始也没有。可能你要是不小心留了点儿了棉花糖霜的空罐和披萨盒子，就更容易猜。”

“只是香蕉而已。”她说。

他点点头。

“你知道，所以你讨厌我。”她说。

“讨厌你？伯娜和我喜欢你。是我们的儿子，他的行为——即使在你心乱如麻、倒时差、恐惧得要死的时候……还这样。他应该更体贴一点。”

“他在哪儿？”

“我不是千里眼，”他说，“有时我闭上眼睛，会明白一些事情，但大多数时候不能。”

“你打算怎么办？”她说。

“我？我可以问问你打算怎么办吗？”他看着她长而纤细的腿和平坦的小腹，“或者你已经做了什么？”

她一下子跳了起来。她说:“我不敢跟他说。我不知道我想他是因为我想让自己相信我还爱着他,还是我真的想他。我母亲会杀了我。她从我十三岁起就叫我吃避孕药了。”

“你提前回去是因为你要处理这个。”他说。

她点点头。

“他会回来的,你们俩必须好好谈谈。”

“你妻子知道吗?”她说。

“不。”

“你没跟你妻子说?”

“我认为我没错,但我不大确定,”他说,“事实上,如果我错了,我就该清醒一下了,这会让我怀疑我最近猜测的一件事是不是也错了。”

“什么是不是错了?”她问。

“哦,有人偷了我的钱包,后来又假装找到钱包,想充英雄。”

“你认识那个偷钱包的人?”她问,“你跟他说了你知道吗?”

“你凭什么猜测那是个男的?”他问。

“什么?”

这不是逗她的时候,她状态不好——她没有意识到他想让她反思自己的臆断。他说："没有，因为我无法证明。但是我跟他最好的朋友（他想叫这个朋友瞧得起）多少说了说，暗示我明白发生了什么。"

他把手放在膝盖上，准备起身。她把身体的重量移到臀部，目光追随着他。"你看我应该怎么办？"他站起来的时候，她问，"我没有多少时间。"

他考虑了一下。"我想谢尔顿一出现，你就会想跟他好好谈谈。"

"没有迹象表明他不会出现吗？"

他笑了。他太容易就赢得了她的仰慕，而通常他只知道一点点。常识告诉他，他的儿子——这个懒惰、被宠坏了的儿子——会回到父母的家，哪怕只是因为他实在无处可去。即使现在，他都能感觉到谢尔顿正在观察，就像鸭子环绕着诱鸟，等待某种直觉，告诉它们一切正常，可以安全靠近，它们被放哨的领头鸟骗了。（领头鸟会是伯娜，她拿着刺绣坐在椅子上，歪着头，对自己人生的变故将信将疑。）绿头鸭群看起来很融洽，它们浮在水面上吃东西，很像律师们摆出姿势，显示他们可以毫不费力地应付自如。然后，那道目光会游移到那只漂亮得出奇的白鹭身上，经过漫长的飞行，她刚刚漂过来，碰巧落在他的床上。弗朗西斯为自己的构思而微笑：他想知道，谁才是这个家里真正的作家。他儿子还会让自己保持一段时间的距离，心里盘算着：一切正常？到了喂食时间？最寻常的生活正在进行？那只白鹭会以某种异于旁物的介入证实一切正常。但如果是这样——把比喻延伸下去——他儿子就错了，他将会落入陷阱，虽然不足以致命：没有什么比家庭生活更糟，也没有什么是他不能逃离的。弗朗西斯想到，他，他自己，也许很早以前就离开了，就在他第一次意识到自己娶了一个好女人，却不是一个他能为之付出生命的女人，而他们唯一的儿子满身缺点的时候。那他后悔自己留下来吗？不。他从来都不相信完美的存在。他也不认为他留下来就应该得到奖励：吉姆的绿头鸭只能代表他花钱买了东西的收据。

绿头鸭一直没有寄到，不管有没有包白毛巾，也不管有没有光亮的棺材，他也没有继续追踪。不过，两天以后，他儿子就回家了。